VIP 祈り

white heart

講談社X文庫

目次

イラストレーション／沖《おき》　麻《ま》実《み》也《や》

ＶＩＰ《ブイアイピー》　祈《いの》り

1

あたたかな日差しを直接肌に感じつつ晴天を見上げる。網膜に入り込んだ眩《まばゆ》いばかりに澄んだ青は瞼《まぶた》の裏に反射し、金平糖《こんぺいとう》でもぶちまけたかのような景色を鮮やかに変えていく。

真っ白な街並みと青い海のコントラストが美しい港町は古い建物も多く、多彩な文化と歴史が見事に融合し、異国情緒にあふれていた。

「気持ちよさそう」

黄金色の砂浜でサンドバギーやビーチサッカーに興じる若者たち。沖には高波を待つサーファーたち。オンシーズンを待ちきれない者たちが集い、心ゆくまでマリンスポーツを愉《たの》しんでいる姿を眺めるのは、ここのところ買い出し途中の日課になっていた。

町全体を覆う潮風と耳に届く馴染《なじ》みのない言語で、自分が日本から遠く離れた場所に来たことを実感する。

同時に、なぜここにいるのだろうかと、少し不思議な感覚にもなった。

「あ、ラクダ」

当たり前のように砂浜を集団で横切っていくラクダに目を留める。初めて見るそれを前にしても、驚きよりもやはり違和感のほうが大きかった。

どうして、と。

住人でもなければ観光客でもない自分は、どういう気持ちでこの景色を見ればいいのかいまだによくわからない。

「単なる異邦人？　……ああ」

しっくりくる言葉を見つけ、小さく吹き出す。

「逃亡者か。なんだか格好いいな」

ドラマか映画みたいだ、などと思った時点で、実際は逃亡者ですらなかった。なにしろ焦りや戸惑いはもとより不安も皆無、日々違和感だけを募らせているのだから。

異国の風が首筋を通り過ぎていくのを感じながら、和孝《かずたか》はそこへ手のひらを当て、すぐに離した。

モロッコの小さな港町へ来て、二週間。

温厚で、親切な町の人たちのおかげもあり、いつになくのんびりとした生活を過ごしている。

後ろ向きになろうと思えばいくらでもなれるが、そうしたところでなにかが変わるわけではない。どうあっても現状が現状のままなら、いまは諸々《もろもろ》の問題を脇《わき》に置き、頭のなかをからっぽにしてとりあえず海外生活をそれなりに満喫すると決めるのに時間はかからなかった。

たとえそれが空元気《から》だとしても。

「さてと、食材を仕入れに行くか」

別荘を出てきたもともとの目的を果たすためにスーク――市場――へ足を向ける。こうなってみると、役目があるのはありがたい。栄養のバランスのみならず、愉しむという観点からメニューを考え、料理をすることは重要だ。自分はまだ冷静で、食事に気を遣えるほどの余裕があると自ら確認する目安でもあった。

それを披露する相手はふたりだが、誰もいないよりずっといい。おかげで自分の作った料理を誰かに食べてもらうという感覚をなくさずにすんでいる。

「カズタカ」

片言で呼ばれた名前が耳に届き、振り返る。ふたりのうちのひとり、昼間の太陽のような笑顔で右手を上げたそのひとの姿を目にした途端、いつもそうであるように、脳裏で彼の名前を一度明瞭にしてから和孝も応じた。

「ディディエ」

何度呼んでも呼び慣れない。それもそのはず、半月ほど前までは実在しているかどうかもあやふやなひとだったのだ。

「はい、帽子」

つばのある麦わら帽を頭にのせられ、相変わらず世話好きだと思いつつ礼を言った。西洋人はみなそうなのか、それともディディエが特に意識が高いのか、あるいは自分が無頓《むとん》着《ちゃく》すぎるのか、日焼けにはことさら気遣う。

「日焼け止めは塗った？」

「はい。ちゃんと」

やはり自分が無頓着なのだろう。この町へ来たばかりの頃、ケアせず出かけては肌を赤くし、よくディディエに注意された。

「大丈夫そうに思えても、案外ダメージを受けるからね」

「ですね」

といっても薄手の上着を羽織っていてちょうどいい気候のため、あらわになっているのは顔と首くらいだ。インドア派、というよりアウトドアには無縁だった自分にしてみれば日々のケアにしても初めての経験だった。

「本当にいいところですね」

初めてといえば、海辺に住むのもそうだ。一歩外へ出た途端に海風に吹かれ、潮の香りに包まれるなどこれまで一度もなかった。

いつか海辺の町でのんびり過ごすのもいい、なんて勝手に思っていたけれど、まさかこういう形で、これほど早く実現するとは――。

かったわけだ。

現在パリ在住の彼が故郷である港町に住んでいたのは十歳までだというが、いまだ別荘を所有し、一年に一度は訪れ、バカンスを愉しんでいるという。今回は、そのおかげで助かったわけだ。

「でしょう?」

「寒暖差には慣れた?」

「はい。最初はびっくりしましたけど」

来週で二月は終わり、初春に入る季節。日中はあたたかくても、日が落ちると同時に一気に気温が下がり、ダウンジャケットが必要になる。おかげで室内にいても、自分が日本から遠く離れた異国にいると実感せずにはいられない。

「びっくりするよね。でも、やっぱりここは僕にとって特別な場所だ」

そういうものかと思うと同時に、自身の狭い世界を認識する。なにしろ東京生まれ東京育ちで、大事なものはすべてそこにあるのだから。

仕事。友人知人。弟。

そういえば、合唱コンクールを観《み》に行くと孝弘《たかひろ》と約束していたのに、結局果たせなかった。弟に我慢ばかりさせて、兄失格だ。

「俺にはそういうのがないので、羨《うらや》ましいです」

それから、久遠《くどう》。

久遠は無事だろうか。そんなことすら、離れてしまった自分にはわからない。

あえて深く考えないようにもしている。考え始めてしまったら、心配で不安で、無理を押してでも戻りたくなる。

「特別に思うのは、別に場所である必要はないよ」

ディディエの言葉に、そうですねと返す。

その町や場所に思い入れを抱くのは、そこに大事な人たちがいるからだろう。喜びも怒りも悲しみも、すべての感情と繋《つな》がりがあるのだ。

「カズタカには、この町での時間を満喫してほしいと思っているんだ」

ディディエが額に手をかざし、空を仰いだ。

いつも愛想よく、笑顔を見せてくれるディディエは陽気で親切。突然押しつけられた厄介者も手放しで歓迎してくれるほど、懐が深い。

まだ知り合って二週間だが、こういう部分ひとつとっても本当に久遠の友人なのかと疑いたくなるほどだ。少なくとも自分が知る限り、久遠の周りにディディエのような人間はいなかった。

「満喫、か」

きらきらと陽光に輝く色素の薄い髪を視界の隅に捉《とら》えながら、和孝はあの日の出来事を脳裏によみがえらせる。

自分が日本を出て、遠い異国の地へ逃げなければならなかったそもそもの原因を。

ちょうど二週間前のことだ。

久遠に足手纏《あしでまと》いと撥《は》ねつけられたあと、どうすべきなのかも判然としない状況のなか、黙々と荷造りをしていった。ここから離れるように言われてもどこか別の場所へ行くこと自体考えられないし、なぜ自分がと疑念だらけだというのに、そうする以外の選択肢がなかった。

「……ちがう」

かぶりを振った和孝は、久遠との会話を思い出す。

――守り切れると思っていたんだが――俺が間違っていた。

――俺の失態だ。

初めて耳にする言葉、声音に衝撃を受け反抗などできなかった。

――できるだけ遠くへ行って、行き先は、誰にも話すな。

「誰にも」には久遠本人も含まれているのだろうと察してしまえばなおさらだ。それだけ久遠の状況が悪いといえる。おそらく想定していたなかでも最悪、それ以上かもしれない。

となれば、自分のできることは限られていた。

国内でひとり隠れるか、海外に飛ぶか。

久遠の言葉が後者を意味しているのは疑いようがなかった。前者ですむなら、とっくに強要されていたはずだ。

「俺は……」

荷造りの手を止め、床の上の携帯をじっと見る。もう一度久遠と話がしたい。ちゃんと話し合えば、別の答えが出るのではないか。

だが、いくら考えても携帯を手にとる気にはなれなかった。なぜなら自分の甘さを突きつけられるだけだとわかっていたのだ。

久遠はあらゆるケースを予測して動いている。今度のこともその場の衝動や思いつきではなく、最悪の事態にあっての最善だと判断したのだろう。

なにより和孝自身、家族のフェイク動画に襲撃と実害が続くと、もうそれしかないと思い始めていた。

フェイク動画が脳裏をよぎり、冷たい汗がうなじに浮く。厭《いや》な気分で携帯から視線を外したそのとき、室内に機械音が響き渡った。

なんの音だ？　怪訝《けげん》に思ったのは一瞬で、インターホンの音だと気づく。

期待など微塵《みじん》もしていない自分に苦笑しつつ訪問者を確認したところ、案の定の顔がそこに映っていた。

『電話をしてからとも思ったんだが、直接話したほうが早いと思って』

榊《さかき》を部屋に入れる理由はひとつもない。そう思いつつもオートロックを解除する。そしてなにも考えずにドアを開け、中へと招き入れた。

危機感が薄いというのは承知していたが、ここまでくると榊などどうでもよかった。

「え、部屋に入れてくれるの？」

どうやら疎まれているという自覚はあるらしい。

「べつに玄関先でもいいですけど」

「お邪魔します」

言葉尻《ことばじり》にかぶさる勢いでそう言うが早いか、撤回されないうちにとばかりに慌てて榊は靴を脱ぐ。ひどく緊張した面持ちでリビングダイニングに入った途端、今度は双眸《そうぼう》を輝かせた。

「引っ越してきたばかりなのに、ちゃんと片づいてる」

興奮ぎみにそう言い、舐《な》めるような視線で室内を見回し始めた榊に、和孝はひどく冷めた心地で苦笑いする。

そのとおりだ。まだ越してきたばかりだし、久遠が荷解《にほど》きを手伝ってくれたのはつい先日のことだった。

あの日はめずらしく話が弾んだ。ほとんど自分が話す一方だったが、ちゃんと相槌《あいづち》が返り、時折笑い合い——忘れられない愉しい時間になった。

いまとなっては、ずいぶん遠い出来事のような気がする。

「それで、話ってなんですか？」

無駄な思考を消すために一度咳払《せきばら》いをし、榊に問う。思い出に浸ったところでどうにもならない。

いまの現実は、こちらのほうだ。

「じつはさっき、木島《きじま》組の——なんて言ったかな。若者からこれをもらったんだ」

「…………」

榊が差し出してきたものを見る。パリ行きのｅ－チケット控えだ。

「明日の便だから、僕たちは急がなきゃいけない」

「…………」

僕たち？

確かに榊のもう一方の手にも同じ控えがある。となると、これを榊と一緒に使えということらしい。榊とはそういう話をした記憶はあるが——まさか久遠まで。

「本気ってわけか」

思わず笑いが漏れる。これはなにかの間違いではないかと、ほんのわずかでも淡い期待を抱いていた己に気づいて滑稽《こっけい》に思えたのだ。

間違いであるはずがない。久遠が冗談や嘘《うそ》を口にするような人間かどうか、知っていたはずだ。

「俺はひとりで平気なんで」

榊への気遣いからの返事ではなかった。せめてひとりになりたいという意思表示だ。が、榊は瞬時に顔を強張《こわば》らせ、強くかぶりを振った。

「それはできない。きみがどうしても厭なら視界に入らないようにする。だから、同行することは許してほしい。もしものときにきみを守りたい、僕が望んでいるのはそれだけなんだ」

「…………」

何度聞いても背筋が寒くなる。

理解できないししたくもないが、本心からの言葉であるのは疑いようがなかった。

「榊さんには立派な仕事があるじゃないですか。せっかくのキャリアが台無しになるかもしれませんよ」

「キャリアなんてもともと僕にはどうでもいいことだ。比較にもならない。僕には目の前のきみのほうがよほど大事なんだから」

口調とまなざしには一片の澱《よど》みもない。相変わらず気味が悪いと思う半面、榊が羨ましくもなる。

なぜこうまで躊躇《ためら》いなく明言できるのだろう。

自分など、なにかあるたびに考え、迷ってばかりだというのに。

「すごいですね」

だが、もはやどちらでも同じだった。迷っていようが、疑心だらけだろうが前に進むしかない。榊の持参したｅ－チケット控えを黙って受け取る、いまの自分ができるのはそれだけだ。

「すみません。お茶ひとつ出さないで」

暗にもう帰ってほしいと告げる。残された時間を榊とともに過ごすつもりはなかった。

「気を遣わないで。じゃあ、明日」

電話ですむ話なのに、わざわざなんの目的で訪ねてきたのか。と言ったところで無意味だろう。

ふたたびひとりになった和孝は、荷造りに戻る。

「明日って、みんなに説明する猶予もくれないって？」

突然消えれば迷惑も心配もかけてしまう。Paper Moon《ペーパームーン》を休業するはめになるし、せっかく具体性を増していた月の雫《しずく》の再建計画にしてもいったん棚上げにせざるを得なくなる。

もっとも、どう説明すればいいのか和孝自身わからなかった。

おそらく津守《つもり》にしても村方《むらかた》にしても不満をぶつけてくることはないだろう。それどころか気遣いすら見せる様が容易に想像できる。

宮原《みやはら》にしても同じだ。

どうすべきかと、漫然と考えていた和孝の頭のなかに、ふと聡《さとし》の顔が浮かんだ。そういえば、久遠と再会した頃、鄙《ひな》びた湯治場へ逃げたことがあった。今度こそ見つけ出してほしいという期待と、七年前をやり直す意味があった。

その際、当時同居していた聡にあとのことを頼んだ。口下手な聡だが、だからこそ誠心誠意対応してくれたのだろう、帰ってきたときは何事もなかったかのようにもとの生活が待っていた。

「——聡」

携帯を手にする。妙に緊張しつつ待つこと十数秒、呼び出し音が途切れ、記憶にあるものより少し低い声が耳に届いた。

『和孝』

と。

その声を聞いた途端、一瞬にして一緒に暮らしていた過去に引き戻される。感傷に浸りたくて電話をしたわけではないのに、真っ先に感じたのは懐かしさと安堵《あんど》だった。

「元気そうだな」

これには、力強い返答がある。

『うん。元気にやってるよ。少し背も伸びたんだ』

「そうか。きっと次に会ったときには大人になってて驚くだろうな」

ふふ、と聡が笑った。

が、穏やかな雰囲気でいられたのはそこまでだ。

『和孝。僕はなにをすればいい？　なんでもするよ』

唐突な電話の理由に気づいているのだ。

一瞬にして胸がいっぱいになり、言葉に詰まる。聡のこういうところは少しも変わらない。一途《いちず》で、けなげで、一生懸命だ。

「うん。頼みがある。聡にしか頼めないんだ」

短い間だったが、なんの目的も他意もなく、自分から望んで一緒に暮らしたのは聡だけだ。当時の自分にとって聡は単なる同居人ではなく、家族で弟で、癒《い》やしでもあったのだといまさらながらに実感する。

庇護《ひご》しているつもりで、甘えていたと。

孝弘と聡。

ふたりとも大事な弟だ。

「俺は——明日から日本を離れることになったんだ。誰にも行き先は言えないから、あとのことを聡に頼みたい」

小さく息を呑《の》む気配が伝わってきた。どういう状況なのか、なぜなんの説明もできないのか、この先はどうするつもりなのか。おそらく質問攻めにしたいはずなのに、やはり聡はそうしなかった。

『わかった。前のときと同じでいいの？』

どうやら聡も同じことを思い出していたようだ。それがいまは嬉《うれ》しくて、自然に頬《ほお》が緩んだ。

「ああ、それでいい」

『誰に聞かれても適当にはぐらかす。でも、宮原さんや津守さんたち、冴島《さえじま》先生、それから孝弘くん。みんなには精一杯向き合おうと思う』

「——聡」

なんて頼もしいのだろう。

「ありがとう。おまえに連絡してよかった」

本心からそう言う。あのときも、いまも、聡だからこそだ。聡のまっすぐな態度や言葉は、誰しもの心を動かす。

「本当はゆっくり話していたいけど」

『うん』

「じゃあ、頼むな」

気をつけて、と聡らしい一言で電話を終える。感傷に浸っていたのはほんの数秒で、目の前の荷物を前に、すぐに現実に引き戻された。

正直になれば、不安はある。それ以上の怒りも。

なんで俺が仕事もプライベートも擲《なげう》って海外へ行かなきゃならないんだ。俺は動かないから。

できることならそう言って撥ねつけてやりたいが、当の久遠には会えそうにないし、たとえ会えたとしても、そうすべき状況であるかどうか思い知らされるだけだ、というのはわかりきっていた。

「失態」というあの一言がすべてだ。久遠の苛立《いらだ》ちが携帯越しにもはっきりと伝わってきたにもかかわらず、自分にはどうすることもできなかった。

久遠自身が欲していないのに、なにをしても、言っても結局は自己満足になる。

悶々《もんもん》と一夜を過ごし、翌日、警察の事情聴取を受けたあと、その足で空港に向かった。携帯は持たずに自宅を出た。未練を断ち切るためだったが、搭乗する際に早くも正解だったと思い知った。

なにしろ日本を離れる瞬間まで頭を占めていたのは、久遠のことだったのだ。また戻ってこられるだろうか。いつ、どうなったら会えるのだろうか。もし久遠の身になにかあっても、遠い地にいては駆けつけることもできない。いや、自分になにができるというのだ。

せいぜい足手纏いになるだけだ。

半ば無意識のうちにそんなことばかり考え続けたせいで、なにが正しくてなにが間違いなのかも曖昧《あいまい》になるほどだった。

行き先がなぜパリなのかすらもどうでもよかった。

現地に着くまでは。

「Enchanté《アンシャンテ》. ハジメマシテ。Pleased to meet you! すぐにわかったよ。きみがカズタカだね。僕はディディエ・マルソーです」

いきなり現れた長身の外国人に、フランス語、日本語、英語混じりで話しかけられ、面食らった。まさかこれはなにかの罠《わな》かと疑ったそのとき、ふと、思い出した。

いつだったか、久遠宅のテーブルにエアメールがあった。フレンチマフィアと繋がりでもあるのかと、そのとき自分は真っ先に物騒な想像をしたが——そうではなかった。

——昔の友人だ。ディディエ・マルソー。いまは確か、宝石の売買をしていると聞いた。

確か久遠はそう言った。その返答に、留学なんてやくざには無駄な経歴だと呆《あき》れたことを憶《おぼ》えている。

昔の友人と言ったからには頻繁に連絡をとり合っていたわけではないだろう。まさかもしものときを考えて今回わざわざ連絡をとったのか、と。その可能性に気づいたものの、答えをくれる相手とはもう遠く離れてしまったあとだ。

代わりに目の前の外国人、ディディエ・マルソーを観察する。

身長は、久遠よりもさらに数センチ高い。ゆうに百九十センチはあるだろう。ピンクにもベージュにも見える淡い色の髪、ヘイゼルの瞳《ひとみ》。彫りの深い目鼻立ちに浮かべたさわやかな笑みは、まるでどこかで目にしたCMさながらだ。

「僕のことはデデでも、ＤＤでも、もちろんディディエでも好きなように呼んで」

おまけに人懐っこい性格でもあるらしい。笑顔で差し出された右手を戸惑いつつとった和孝だったが――そこがゴールではなかった。

翌日にはパリから飛行機とバスを乗り継ぎ、およそ六時間半かけてモロッコの小さな港町へ移動した。

その間、榊は不満そうだったし、ディディエを警戒していたようだが、どうでもいいことだった。

――お忙しいのに、迷惑をかけてすみません。

和孝が謝罪すると、ディディエは親しみのこもった笑みを浮かべた。

——安心して。僕は愉しんでいるから。いつまでもふらふらしてって、grand-mère《グランメール》にはいまだに叱《しか》られるんだけどね。僕にとって身軽でいることはなにより重要なんだ。

その言葉にディディエ・マルソーという人物が集約されていると知るには、数日もあれば十分だった。

宝石商であり、翻訳家でもあるというディディエは自然体で、ときどき少年のような表情を見せ、日本での物騒な現実が薄れていくようだった。同時に、あの場所から離れたのだと実感させられた。

おかげで自分は、久遠がディディエを選んだわけをすんなり理解できたのだった。

「今日は真鱈《まだら》のトマト煮込みだね」

ディディエに話しかけられ、すぐに無意味な回顧をシャットアウトする。もう二週間も前のことだし、いまの自分がいるのは一万キロ以上離れた異国の地だ。

いや、まだ二週間と思うべきか。

どちらにしても、蚊帳《かや》の外にいるのは間違いない。

「はい」

「愉しみだな」

市場から別荘に戻ってくると、買ってきた食材を和孝が冷蔵庫に入れている間にディディエがコーヒーを淹《い》れ始める。

話し上手なこともあり、室内にふわりと漂うコーヒーの香りと一緒に、午後のひとときを、ディディエとの会話を愉しんだ。

「さすが港町だけあって、新鮮な魚介が多くて迷いました」

「僕の故郷、好きになってきた？」

「とても」

「嬉しいな。アキなんて、こちらが思い出話をしようとしても興味がないって聞いてくれなかったんだよ。ひどいだろ？　自分のこともほとんど話してくれなかったし、僕がこの町の出身だってことすら彼は知らないんだ」

信じられる？　と両手を広げるディディエには苦笑するしかない。

「あのひと、そういうところありますよね」

その場面は容易に想像がつく。興味がないのは事実だったとしても、それ以上に自身の過去について詮索《せんさく》されたくないというのがあったのだろう。

久遠は両親を一度に亡くしている。事故で処理されたことに納得がいかず、犯人を突き止めるために裏稼業に足を踏み入れた。当時であれば、それは久遠のなかでもっとも優先順位が高かったはずだ。

「本当にね」

ディディエが笑い、和孝も合わせる。

「いま頃きっと、くしゃみしてますよ」

そう返す傍ら、なんとも言えずおかしな感覚を抱いた。出会ったばかりの外国人が自分の知らない久遠を「アキ」と親しげに呼んで語る、それ自体、妙な感じだ。

「それならアキは、当時からくしゃみが止まらなかっただろうね」

茶目っけたっぷりの仕種《しぐさ》で片目を瞑《つぶ》ったディディエからカップを受け取り、口をつけたあとなにげなく問うた。

「久遠さんとは、もう何年も連絡をとり合ってなかったんですか？」

そうだね、とディディエが頷《うなず》く。思ったとおり、今回のようなケースを想定してのことだったらしい。

「ずいぶん不義理をしていたけど、あれはいつだったかな。突然彼から電話がかかってきた。何度かやりとりをして、他愛ない話ばかりだった。学生時代の話もしたし、文通にもつき合ってくれたから、ずいぶん丸くなったと思ってたんだよ。でも、しばらくして合点《がてん》がいった。彼は変わってなかった。ちゃんと理由があったわけだ」

話を聞けば聞くほど、あんまりだと思う。

長らく疎遠になっていた相手に対して都合がよすぎるし、よくディディエは了承してくれたと、いっそそちらのほうに感心する。

「僕の助けが必要になるかもしれないって思ってたんだね。実際にそう言われたとき、よほど大切なひとなんだろうって、じつは密《ひそ》かにきみに会うのを愉しみにしていたよ」

ただでさえこんな厄介事、拒絶されてもおかしくなかった。

もっとも久遠は必ず引き受けてくれると確信があったから、ディディエを選んだのだろうが。

「なぜ断らなかったのかって思ってる？」

「あ、はい」

「それは、やっぱり僕の知っている頃のアキとはちがっていたから。昔なら、大事なひとを他人に任せなかったはずだ」

「…………」

あたたかなまなざしで見つめられ、どういう顔をしていいのかわからなくなる。久遠の気持ちが嬉しい半面、複雑な心境にもなった。

国内で匿《かくま》うことも考えたはずなのに、久遠はそうしなかった。どちらがより現実的か、メリットがあるか天秤《てんびん》にかけたのだとしても、おそらく和孝自身の性分を理解しているがゆえだ。

足手纏いだというあの言葉も、あえて突き放したのだといまならわかる。

「きみのおかげだ」

そのため、ディディエの一言を素直に受け止めるのは難しい。

おかげもなにも、現時点で自分にできるのは久遠から離れる、それだけだった。

ただでさえ会内のごたごたで大変なときに、よけいな負担をかけるのは本意ではない。

久遠は多忙で、並の人間であればとっくに疲弊しているはずだ。

「学生の頃の久遠さんって、どんな感じだったんですか？」

答えあぐねて、あえて話題を変える。

「さては彼がモテたかどうか、聞きたいんだね」

そういうつもりはなかったものの、ウィンクされて頷いた。

「それも込みで。ふたりが親しくなったきっかけはなんだったのかなって」

ディディエの態度は最初から一貫している。唯一状況を知っている人間でありながら、こちらの事情に踏み込んでくることはせず、あくまで久遠の古い友人として接してくる。

それがありがたかった。

ここでの自分は単なる日本人、ディディエの友人だ。

やくざのイロと嗤笑《ししょう》し、敵意を示す者はひとりもいない。

「きっかけ？　ああ、それはね」

と、ここでディディエは言葉を切った。自身の人差し指を口許（くちもと）へやると、声のトーンを落とす。

「その話は次の機会に」

理由は問うまでもない。

「おかえり」

にこやかな表情で迎えた相手は、別荘のもうひとりの住人、榊だ。

親しくもない男三人で同居など——しかもひとりはあの榊だ——社交性に欠ける自分にとっては地獄のような生活も同然と覚悟していたが、それほどではなかった。むしろ申し訳ないほどに気楽なものだ。

そもそもこれまでが特殊な状況下ではあったし、目にする景色は絵葉書さながらだし、想像していたよりずっと立派な別荘だったからというのもある。

町並みに馴染んだ白い外壁に、美しいブルーの扉。一歩中へ入ると、天窓のあるエントランスは明るく、壁に飾られたひまわり畑の絵画がよく映える。

リビングダイニングもキッチンも広く、使い勝手がよく、さらにはゲストルームが各々あるのだ。これで文句のひとつもこぼそうものなら罰《ばち》が当たる。

快適な生活を提供してくれるディディエには感謝してもしきれない。ぎりぎりであっても耐えられているのは、ディディエの人柄のおかげもあった。

シーリングファンの回る低い音を耳にしつつ、和孝も振り向き、同じ言葉を榊に投げかけた。

「おひとりで出かけるのはめずらしいですね」

なにげなくそう言ったところ、返答したのはディディエだった。

「僕がお使いを頼んだんだ」

その言葉のとおり、榊は斜め掛けのバッグから紙袋を取り出す。中には白ワインが入っていた。

そういえば一昨日《おととい》も似たようなことがあった。さしもの榊も、世話になっているディディエの頼みを無下にはできないらしい。普通の感覚があること自体驚きだが、少なくともうまくやろうという気持ちは間違いなさそうだ。

「存外あなた、うっかり者ですね。この銘柄、近くのリカーショップになかったので、まあまあ歩きましたよ」

不満を漏らす榊にも、ディディエはにこやかに礼を言う。

「そうなんだ。申し訳ないね」

きっと一昨日も今日もディディエはわざと頼み事をしたのだろう。ふたりで話す時間を作るために。

榊がいては、久遠の話題を出すのも憚《はばか》られる。

「ヨージロもコーヒーを飲む？」

ふたりが三人になったあとも、のんびりとした時間を過ごす。

日本を出て二週間。

二週間離れていただけなのに、二週間前の出来事は靄《もや》でもかかったみたいにあやふやになった。久遠の身を案じるにしても、どういう状況にあるのか想像するのも難しい。

思考も感情も鈍くなってしまったようだ。

「和孝くんのことなら僕が」

どんな子どもだったかというディディエの質問に率先して答える榊にも、以前ほどの嫌悪感がなくなっているのはそのせいだろう。

「十代の頃から和孝くんは聡明《そうめい》で、まっすぐで、見惚《みと》れるほど綺麗《きれい》でした。そのぶん周囲に馴染めなくて浮いてしまうところもあってね。ああ、無論、いまのほうがずっと魅力的だけど」

瞳を輝かせる榊の不愉快なまでに過剰な賛辞にも、うんざりする程度なのだから。

「ヨージロ、きみ、カズタカのストーカーなんだね」

代弁してくれたディディエに、

「ですよね」

肩をすくめて同意する。

「失敬な。と言いたいところだが、和孝くんのためなら、ストーカー扱いも吝《やぶさ》かではないですよ」

榊本人が認めてしまっては、もはやなにも言うことはなかった。

おかしなコーヒータイムはその後一時間ほど続く。違和感があるはずだと思いつつも、それすら日常になっていたのだ。


同じ頃、東京では。

携帯をデスクに置いた久遠は、呆れた様相で左手の指を三本立てた。

「今回の不始末による詫《わ》び金が三千万らしい。なんの不始末なのやら、だ」

は、と鼻を鳴らすと、ただでさえ明瞭《めいりょう》に刻まれていた上総《かずさ》の眉間《みけん》の縦皺《たてじわ》が不快感もあらわに深くなる。

「不当に役員から外したあげく、金銭の要求ですか。まったく、あのひとはどこまで恥知らずなのか」

三島《みしま》の恥知らずはいまに始まった話ではない。

砂川《すなかわ》組や記者の南川《みなみかわ》を利用していた斉藤《さいとう》組をさらに利用していた張本人が、素知らぬ顔で木島組を糾弾し、金まで懐に入れようというのだ。これほど厚顔なことはないだろう。しかも、当の三島にとっては気に入らない人間を排除できて、自尊心も満足させられる、もっとも合理的な手段ときている。

「そもそも恥だとも思っていないだろうな」

結局のところ、誰より貧乏くじを引いたのは瀬名《せな》だ。今回の件を起こしたのは、空席ができたあかつきには役員に取り立てると三島に匂《にお》わされたせいだったとしても少しも驚かない。たとえ瀬名自身は、踊らされていることに気づいていなかったとしても。

同情する気は微塵もなかった。

一時的な感情や欲に流されたのは瀬名自身の落ち度で、当然の結果だと言える。天に向かって吐いた唾《つば》が自分に降りかかってきた、それだけのことだ。

「どうしますか」

おとなしく詫び金を差し出すのか、というニュアンスの問いだ。

「とりあえずそっちは報告を待ってからだ」

三島が不動清和会《ふどうせいわかい》の未来を軽視していると明確になった以上、こちらも手順を踏む理由もメリットもなくなった。となれば、詫び金を支払う必要がどこにあるだろう。

手荒なやり口が三島の好みだというなら、こちらもそれなりの対抗策をとるまでだ。

久遠は背凭《せもた》れから身体《からだ》を離すと、目の前の上総を見上げた。

「まずは水元《みずもと》を捜すことを優先してくれ」

三島の目論見《もくろみ》だとわかっているだけに、このタイミングで人員を割くのは痛い。だが、これについて思案の余地はなかった。

「そのあと三島には必ずツケを払わせよう」

「ええ」

上総が眼鏡の奥の目をすがめる。いつになく好戦的な色が浮かんで見えた。これまで我慢に我慢を重ねてきただけに、ようやくという思いが強いようだ。

真柴《ましば》や、いまも行方知れずの水元への仕打ちに対する責任を必ずとらせてやると、そこには強い怒りもある。

「俺は、坊に会いにいく」

上総が無言で顎《あご》を引いた。一礼して部屋を出ていくのを待って、煙草《たばこ》に手を伸ばすと椅《い》子《す》から腰を上げた。

窓に近づき、外へ目をやる。

見慣れた景色になんの感慨もない。斜陽に染め上げられた都会の街並みだ。

ふっ、と煙を吐き出した久遠は、部屋に充満したマルボロの匂いに知《し》らず識《し》らず和孝の顔を思い浮かべていた。

刷り込みだと和孝は言ったが、自分にしても条件反射も同然だった。

——マルボロと整髪料の混じった匂い。

そう言ってほほ笑み、肩口に鼻先を埋《うず》めてくる姿に、たまらなく胸が疼《うず》いた。きっといま頃は、追いやられたと悪態をついていることだろう。

目くじらを立てる不機嫌な顔を思い浮かべ、口許を綻《ほころ》ばせる。緊張感がないと自身に呆れる一方で、マルボロの匂いを嗅《か》ぎながら、遠い場所にいる和孝へ心中で謝罪した。

——結局、俺は、足手纏いってこと？

どんな思いであの言葉を口にしたのか。嘘つきだと思ったか、それとも、結局こうなったと失望したか。

久遠自身、三島を見誤った事実にいまだ自責の念と腹立たしさがある。不動清和会を含めて組の行く末を考えるのは、長ならば当然だと決めつけていた。

いまの事態を招いたのは、三島を買《か》い被《かぶ》っていた自分の責任が大きい。

無論、このままですませる気はさらさらなかった。

それまでは——。

和孝がいまどこにいるのか、ディディエから聞かされていない。知らせるなとこちらから頼んだ。二、三行き先の予想はつくが、あえて考えないようにしている。

一連の事件と完全に遮断するためには必要なことだった。和孝の居場所を知る者は少ないほどいい。どれほど用心しても足りないほどだ。

ああ、そういえばディディエ以外にもうひとりいたか。

榊洋志郎《ようじろう》。

通常であれば、榊のような男は真っ先に排除する。和孝への執心は許容範囲を大きく逸脱し、もはや異常なまででエゴの塊だと言っていい。が、裏を返せば、そのエゴをまっとうするためであれば榊は命をも賭《と》す、その証明でもあった。

我が身よりも和孝を優先することに、一片の迷いも持たない男だ。

「………」

言い訳だな。

心中で吐き捨てた久遠は、じりっと胸の奥に焼けるような焦燥を覚える。ひどく不快だが、個人的な感情に振り回されている場合ではない。

窓から離れた久遠は、短くなった吸いさしを灰皿に押しつける。そのタイミングで、デスクの上の電話が鳴った。

刑事の高山《たかやま》から電話が入っているという部下からの報告に、自然に眉根《まゆね》が寄る。功を挙げようと急《せ》いている高山にはいいかげんうんざりしているものの、無視したほうが面倒な事態になるのは目に見えていた。

不承不承久遠は外線ボタンを押し、

「手短にお願いします」

いつもの長い前置きは勘弁してほしいとあらかじめ告げる。それが仕事だとはいえ、高山も榊とはべつの意味で排除したい人間の筆頭にちがいない。

毎回そうであるように、今度も適当に受け流すつもりでいると、直後、予想だにしていなかった言葉を聞くはめになる。

『さすがに今日は手短にいくよ。仏さんが上がった。解剖の前に遺体の身元確認をしてもらいたいから、親分さんか若頭さんにご足労願えるとありがたい』

想像もしたくなかった言葉だ。

「うちの組員ということですか」

瞬時に水元の顔が頭に浮かぶ。打ち消そうにも、これまでその可能性は一度ならず考えた。

『だから、それを確認してほしい。なにしろ顔が原形を留《とど》めてないもんで』

だとすればなおさらだ。認識が難しいほどにもかかわらず、なぜ高山が連絡をしてきたか。問うまでもなかった。

持ち物か、あるいは刺青《いれずみ》か。なんらかの根拠があってのことだろう。

「——そうですか」

久遠は一度息をつく。まだはっきりしたわけではないと自身に言い聞かせようとしたが、なにかが足元から這《は》い上《あ》がってくる感覚に肌が粟立《あわだ》った。

いや、なにかではない。明確な恐怖だ。

警察が身元確認を要求してくる時点で十中八九間違いない。

「俺が伺います」

『助かる。はっきりしないうちから親御さんを呼び寄せるのは気の毒だからな』

高山が本気で両親を案じているかどうかについては、どちらでもよかった。

「お気遣い感謝します」

両親より先に組に連絡してきたことへの礼を言う。確率は低いが、仮に別人だった場合、いたずらに両親を悲しませずにすむ。

水元の両親は、いまも故郷の新潟で農業を営んでいる。裏稼業に足を踏み入れた息子に対していろいろな思いはあったろうに、帰省するたびに土産《みやげ》を持たせる、善良な人たちだ。

こめかみを指で押さえた久遠は、高山との電話を終えるとすぐに沢木《さわき》に車を出すよう手配する。

ネクタイを締め直したあと椅子から腰を上げると、努めてなにも考えないようにし、コートを手に部屋をあとにした。

本来なら上総に一言知らせていくべきだとわかっていたが、誰にも声をかけずに外へ出る。まだなんと言っていいのか、久遠自身も言葉が浮かばなかった。

沢木が開けたドアから後部座席に乗り込んだあとも、行き先を告げた以外は無言を貫き、思考も止めたままその後の十数分をやり過ごす。

「……親父《おやじ》」

沢木にしても予感しているのだろう、車を降りる直前に苦しげな声を聞かせたが、やはり現段階ではなにも話せることがなかった。

普段、遅刻は当たり前の高山が、今日は警察署の前で待ち構えていた。

「どうもすみませんねえ」

一般人と接触させないようにという配慮だとしても、いまの久遠には高山が手ぐすねを引いて待っていたように思える。

相棒の黒木《くろき》の姿はない。高山の案内で、数歩後ろを歩く。

何度来ても、警察署の空気には慣れない。湿っぽく、澱んでいて、欺瞞《ぎまん》、害心に満ちている。正義のなされる場所であるにもかかわらず、隅から隅まで邪念まみれだ。

遺体安置所となれば顕著だった。

別の場所ではあったが、遺体安置所を訪れるのは二度目になる。一度目は高校生のときで、なんの知識も心構えもない状況で遺体と対面するはめになったが、高校生には到底受け入れられる現実ではなかった。

二度目の今回も、その点は同じだった。纏《まと》わりつく空気に微《かす》かな腐臭を感じながら、高山の開けたドアから中へと足を踏み入れた。

灰色の室内はひんやりとしている。

祭壇の前にあるのは、盛り上がった白い布だ。二十年たってもここだけ取り残されたかのようにまるで変わらない。

「親分さんには不要な助言でしょうが、一応、覚悟はしておいたほうがいい」

高山はそう前置きすると、おざなりに両手を合わせてから布を捲《めく》った。

久遠は、間近で見るために横たわる遺体へ近づいた。

「まあ、どう見たってオーバーキル——過剰殺傷だな。まったく、ひどいことをしやがるもんだ」

高山の言葉は事実で、顔は見るも無残に腫《は》れ上がり、原形を留めていない。打撲痕《だぼくこん》、裂傷。事前に知らされたとおり顔で身元を判別するのは困難だ。が、明らかな印があった。

胸元から腕にかけての刺青だ。緑と赤の鮮やかな紋様には確かに見憶えがあった。刺青は後ろへと繋がっていて、背中では立派な虎《とら》が鋭い牙《きば》を剝《む》いているのだ。

「うちの、水元です」

背中を確認するまでもなく、久遠は高山に告げる。

「ああ、やっぱりそうかい。ご愁傷様」

軽い口調の一言で白い布を戻そうとした高山の手を止め、なおも水元を見続けた久遠の頭に真っ先に浮かんだのは、やはり善良な両親の顔だった。

両親の落胆は大きいだろう。若い頃はずいぶん一人息子に手を焼いたらしいので、本心では少しでも早く組を抜けてほしかったにちがいない。

だが、ここが俺の居場所だと言った息子の言葉に、なんとか受け入れようと努力していたと聞く。

毎年、組宛《あ》てに送られてくる米にその思いがこもっていた。

「公衆便所の個室で発見された。通報してきたのはホームレスで、聴取したが、なにも出てこなかった。解剖してみなきゃ正確なところはわからないが——おそらく見たまま、撲殺だろう」

遺体を見れば疑いようがない。しかも公衆便所に投げ捨てるなど、遺体への冒瀆《ぼうとく》。亡くなったあとまで辱《はずかし》める行為だ。

「すまなかった」

もっと早く見つけられていたなら、結果はちがったかもしれない。きっとちがっただろう。早く嫁さんもらえって親がうるさくて、つい先日そうこぼしていたのを思い出す。

「親御さんには、俺から連絡を入れます」

久遠がそう言うと、布を被せつつ高山が頷いた。

「そうしてくれると助かる。解剖に回さなきゃならんし。わかっているとは思うが、くれぐれもばかな真似《まね》をして、俺らの仕事を増やさんでくれよ。ホシはうちで挙げる」

高山の忠告には応《こた》えず遺体安置所を出ると、来た道を戻る。自分が悲しんでいるのか怒っているのか判然とせず、腹の中がひどく重苦しかった。

外へ出た途端、険しい表情の沢木がじっと窺《うかが》ってくる。なにがあったのか、聞きたがっているのはわかっていながら黙って車に乗り込んだ。

事務所までの十数分間で、みなに伝える言葉を考えようとしたが、まったくまとまらないまま到着する。車を降りる頃には沢木も異変を察していて、その頰は強張り、唇は固く引き結ばれていた。

「沢木」

ビルの外で声をかける。

「遺体を確認してきた。水元だった」

「…………」

沢木はすぐには理解できなかったらしい。

「なにを……言われているのか」

乾いた声で笑う。

「そんな、だって……」

そこで言葉を切ると、ぐっと喉《のど》を鳴らすや否や背中を向け、膝《ひざ》をついて激しく嘔吐《おうと》し始めた。

「す……ませ……っ。汚して、しま、て」

嘔吐の合間の謝罪に、身を屈《かが》めた久遠は沢木の背中を擦《さす》ってやる。手のひらに震えが伝わってきて、沢木が泣いているのだとわかった。

「気にしなくていい」

沢木の気持ちは痛いほど理解できる。久遠にしても、できるなら激情に任せて叫びたいほどだ。

しかし、まだ早い。自分にはそうするより前にすべきことがある。

「待ってろ。誰か呼んでくる」

「……す、ません……っ」

「謝るな」

時折嗚咽《おえつ》を漏らしながら何度もそうくり返す沢木の肩を一度叩《たた》いてから、久遠はその場を離れる。

ビル内に入ると、そこにいた組員に沢木の面倒を頼み、自身は事務所のドアを開けた。

うまい言葉など思い浮かぶはずがない。事実を伝えるのがせいぜいだ。水元が亡くなったという事実を。

「あ、親父さん」

「お疲れ様です！」

集まってきたみなを見渡す。

どう切り出すべきかと思案したが、やはりしばらく声を発せられなかった。

捜索に人員を割く必要がなくなったという事実か。あるいは目にしたままか。ああ、そうだ。上総に葬儀の手配を頼む必要がある。

それから今後のことも。

漠然とそんなことを考えながら、最悪の報告をするために重い口を開いた。

2

自室のベッドに転がり、ディディエから借りた当人が英訳した書籍を読んで午前中を過ごす。ジャンルはSF小説で、アクションありロマンスありの盛りだくさんの内容で、小説自体は日本でも発売されているという。

他にも旅行記やエッセイ等《など》の書籍もあるとのことで、読み終わったあとそちらも借りる約束になっていた。

栞《しおり》を挟んで本をサイドボードに置いた和孝《かずたか》は、昼前に夕飯の食材を仕入れに市場へ行くかとベッドから起き上がる。

個室は快適だ。ベッドの他には小さなテーブルと椅子《いす》もあるし、ラジオもある。ラジオから聞こえる言語はまるで音楽みたいで、部屋にいるときはたいがいつけっぱなしにしている。

ラジオを消そうと電源に指をのせた和孝だったが、聞こえてきたメロディに動きを止めた。

いつだったか、夜、めずらしく久遠《くどう》とコンビニまで歩いた。そのとき店のなかから聞こえてきた歌だ。

「…stay with me」

ほんの少し前の出来事なのに、ひどく昔のような気がしてくる。確か——久遠が野良猫を拾ってきたので、餌《えさ》を買おうと出かけたときだった。

くだらない話をした。だから、内容は憶《おぼ》えていない。

ただやたら気分がよくて、歌に耳を傾けながら猫の名前をつけさせてほしいと言った。

久遠は「駄洒落《だじゃれ》か」と返してきて——。

「………」

眉《まゆ》をひそめた和孝は、電源を落とす。

かぶりを振って無駄な追想を振り払うと、財布を尻《しり》ポケットに突っ込み、個室を出てリビングダイニングを覗《のぞ》いた。

「和孝くん。コーヒーでも淹《い》れようか」

すかさず榊《さかき》も現れ、にこやかに声をかけてくる。ドアを開閉する音まで聞き耳を立てているのかと思うとぞっとしたが、榊のストーカー気質はいまさらだった。

「いえ、俺、市場に行ってきます」

「買い物？　じゃあ」

「ひとりで大丈夫なんで」

自分も行くと榊が言い出す前に先回りをして辞退する。

「あ、いや、そうだね。じゃあ、いってらっしゃい」

あっさり退《ひ》いた榊に「いってきます」と応《こた》え、すぐにクーラーバッグを持って別荘をあとにした。

日本を離れて以降、榊がつき纏《まと》ってくることは少なくなった。安全が約束されているおかげだとしても、父親の弁護士として現れる以前から自分を観察していた事実を思えば、けっして油断はできない。

いまもこっそりあとをついてきて、物陰から窺《うかが》っていたとしても少しも驚かなかった。もっとも以前より嫌悪感が薄れているのも本当だ。距離さえ間違えなければ、いまのところは人畜無害だ。

入り組んだ路地を入っていくと、雑貨屋やラグ、食器等を扱っている店が所狭しと軒を連ねている。

ストール、サンダル、絵画まで。

市場は今日も活気に満ち、そこに暮らす人々の営みを直《じか》に感じられる。あちこちから笑い声が聞こえてきた。

「Salama alecom《サラマレコン》」

覚えたての現地語で「こんにちは」と挨拶《あいさつ》をしつつ、あちこちの店を見て回れるのも市場のよさだ。

港町だけあって魚介が豊富で、新鮮。海老《えび》や蟹《かに》、ウニまで手に入れることができる。

「今日は帆立てにしようかな」

夕食用の帆立てを買い込み、そのあと野菜と果物。

「やあ、カズ。今日は暑いな。これどうぞ」

グラスを渡され、ジュースに口をつける。オレンジとレモンだけのジュースは驚くほどフレッシュで、身体《からだ》に染み渡るようだ。

「さすが搾《しぼ》りたて。すごくおいしい」

「だろう?」

気さくな店員との会話も、市場の醍醐味《だいごみ》だ。英語を解するひとが少ないため、自《おの》ずと話し相手は限られるが。

「いくら?」

財布を出そうとすると、サービスだと断られる。ありがたく好意を受け、現地語で礼を言ったあと、

「ありがとう」

日本式にお辞儀をした。

思いのほか喜ばれ、笑顔で市場を離れた和孝はのんびり歩いて帰路につく。

店員の彼が言ったとおり今日は快晴で、気温も高い。長袖《ながそで》のシャツ一枚で少し汗ばむく

らいだ。

シャツの袖を捲《めく》ろうとして、日焼け止めを塗ってこなかったことに気づき、やめておいた。日本では真夏でも無防備でいたけれど、ディディエの忠告はもっともだ。

「あれ」

当人の姿を見つける。広場の芝生にあるベンチに数人が集まっていて、ディディエがその中心にいた。

久遠とはタイプが異なるが、どこにいても目立つところは同じだ。

クーラーバッグを肩に抱え直した和孝は、寄り道をして愉《たの》しげな集団のほうへ足を向ける。こちらが声をかけるより早く、ディディエが右手を上げた。

「やあ、カズタカ」

久遠が月だとすれば、ディディエはまさに太陽だ。ふたりで並んでいるとさぞ周囲の目を引いただろうと、若い頃のふたりを想像して頬《ほお》を緩める。

片やヘイゼルの瞳《ひとみ》をした、人当たりのいい紳士。片や無愛想で、威圧感のある侍だ。ふたりの留学生は、キャンパスの話題をさらったにちがいない。

「wa ʻalaykum s̄ salām《ワアレイコムサラーム》」

顔見知りになった近隣住民と挨拶を交わす。

和孝が覚えたアラビア語は、「初めまして」「こんにちは」「ありがとう」「さようなら」

「おはよう」「おやすみなさい」。

アラビア語は難しく、馴染《なじ》みもないためなかなか英語のようにはいかなかった。

みなが集まっていたのは、ディディエのもうひとつの仕事のためだった。

ベンチの上で開かれたケースには、きらきらと輝く大小の宝石が並んでいる。ルビーにエメラルド、サファイア、ダイヤモンド。

高そうだなと思いつつ覗き込んだまさにそのとき、

「やっぱりダイヤがいいけど、手が出ない」

青年がため息をこぼした。

「これはダイヤじゃなくて、モアッサナイトだ。人工石だけどダイヤより耐熱性があるし、メンテナンスもしやすい。なんといっても輝きがすごいだろう？　ああ、それから、値段はダイヤの十分の一以下だよ」

ディディエの説明に、まさに宝石のごとく青年の目が輝く。周囲のひとたちもモアッサナイトに興味津々だ。

「じつは、彼が恋人にプロポーズするんだ」

彼女に贈るリングの石を選んでいるというわけか。

「そうなんですね」

おめでとうと声をかけた和孝に、青年が照れくさそうな笑みで応える。日焼けした肌に髭《ひげ》を生やしていることもあって年齢不詳――二十五歳、あるいは三十五歳にも見える青年が迷っているのはどの宝石にするかではなかった。

「けど、この町に来てくれるかな。彼女、普段はマラケシュで働いているし、俺は漁師しかできないし」

どうやらそれ以前の問題らしい。ディディエの通訳を介して青年の話を聞く。

「ああ、それは、悩みますね」

青年の気持ちは、和孝にはよくわかった。自分もそうだ。やくざにはなれないし、寄り添うと決めておきながらこんな場所にひとり逃げてくるはめになったし。

「本当に？　友だちは、来てくれるかどうかは彼女に聞かなきゃわからないんだから、おまえが悩んでもしようがないって」

それも正しい。

「お友だちの言うとおりだと思います。俺も、いろいろ考えすぎるところがあるから」

苦笑いでフォローしたところ、ディディエが青年の肩をぽんと叩《たた》いた。

「Go for broke. いや、この場合は Take your chance. って言うべきかな。若者よ」

青年の背中を押す言葉になったのだろう、まもなく彼は強い意志を双眸《そうぼう》に湛《たた》え、モアッサナイトを選択する。あとはリングを作り、恋人にプロポーズするだけだ。

「頑張ります」

青年の力強い一言を最後に店じまいとなり、みなが笑顔で帰っていく。ディディエが宝石を片づけるのを待って、ふたりで家路についた。

「なんだかこっちまでどきどきしました。若者っておっしゃってましたけど、彼、いくつなんですか」

ディディエよりずっと若いのなら、少なくとも三十半ばではない。

「ん？　ああ、二十歳だね」

「え。うわー」

自分よりもずいぶん年下だったか。確かに若者だ。

「日本人は若く見えるから。たぶんみんなは、カズタカをバカンスでやってきた学生だって思ってるよ」

そういうことかと合点《がてん》がいく。どうりで周囲がやたら親切なわけだ。

「彼、カズタカに礼を言ってたよ」

「俺に、ですか？　なにもしてません」

意外な言葉に面食らう。それどころか、ろくに話もしなかった。

「彼は、周りからはっぱをかけられればかけられるほど勇気が出ずに落ち込んでいたんだよ。だから、カズタカが同調してくれて、嬉《うれ》しかったんだと思う」

ディディエはそう言ったが、素直に喜べなかった。むしろ反対だ。迷ってばかりだと自虐したただけなのだから。

「うまくいくといいですね」

「ね」

この町にいると、あらゆることがイベントになる。みなで宝石を選び、プロポーズの後押しをする、それ自体が特別だ。日本ではなかったことだった。

「ここでの生活はどう？　慣れた？」

「はい。ディディエには本当に感謝してます」

「本当に？　ほっとしたな」

「ほっとした？」

面白い言い方だとディディエを窺う。

思いもよらなかった言葉が返ってきた。

「アキに叱《しか》られずにすむ」

「叱られるってそんな」

「アキは言葉で詰《なじ》らなくても、背筋が凍りそうな冷たい目で見てくるだろう？　僕に限らず、震え上がったものだ」

ディディエが胸で十字を切ったので、なおさらおかしい。その場面を想像してしまい、笑いを堪えるのに苦労して、口許《くちもと》へ手をやった。

「すみません」

当人からすれば笑い事ではないだろう。そもそも笑い話ですらない。

謝った和孝に、ディディエが首を横に振る。かと思うと、顔を傾けてこちらを覗き込んできた。

「元気を取り戻したね。顔色もずいぶんよくなったし、目の下のクマもなくなった。憂い顔も悪くはないけど、きみは断然笑顔のほうがチャーミングだ」

「………」

チャーミングなんて言われたのは当然初めてで、頬が引《ひ》き攣《つ》る。一方で、そんなにわかりやすかったのかと恥ずかしくもなった。

「あー……そんなにひどかったですか？　俺」

「そうだね」

望んで国外へ出たわけではない。当初は久遠にも裏稼業にも腹を立てていたし、常に守られる存在でしかない自分に対してはもっと怒っていた。そして、なにより久遠の身が心配だった。

眠れず、夢を見るのも怖かった。

なんとか気持ちを切り替えようと努力しているが、二週間たったいまも成功したとは言いがたい。表向きは取り繕っているつもりでも、顔に出ていたということか。

もしここに久遠がいたなら、無意味だと一蹴《いっしゅう》するだろう。

――一万キロ以上離れた場所にいて、おまえはなにをしてる？

言いそうな台詞《せりふ》、表情まで想像でき、くそっと心中で毒づく。

反論はできない。そのとおりだ。どれほど案じても、悩んでも所詮《しょせん》無駄。どうせなら帰国したとき海外生活の土産話のひとつでもできるように努力したほうがまだマシだ。たとえそれがいつになったとしても。

「あなたには、本当にお世話になりっぱなしで申し訳ないです」

「気にしないで。きみによくするのは、僕自身のためだから。彼の友人として、嬉しいからだよ」

「嬉しい、ですか？」

こういう言い方は外国人ならではか。それとも、なにか意味があるのだろうか。

「嬉しいよ。アキにも心からリラックスできる場所ができたんだってわかったんだからね」

リラックスできる場所か、とディディエの言葉を脳内でくり返す。

「それなら、いいんですが」

やはりぴんとこない。

自分の未熟さは厭というほど実感している。それゆえ無力さに落ち込むし、腹も立つのだ。

今回のことにしても同じだった。万にひとつも久遠の妨げにならないよう国外へ出るという以外の選択肢がひとつも浮かばなかった。

「俺だけ、安全な場所に逃げたわけですから」

携帯は東京の部屋に置いてきた。日本のニュースにも触れていない。一度触れてしまえば、すぐにでも飛んで帰りたくなるとわかっている。

いまの自分にできることといえば、毎晩、ただ祈るだけ。

今日も無事でいますように。一刻も早く悪い事態が収束しますように。

それこそ無意味だ。

「そうだね。でも、アキも助かったんじゃないかな。だって、きみがここに来るのを受け入れたから、アキは存分に動ける」

ディディエの一言に、和孝は目を伏せた。

「……はい」

国外を選択したのは久遠の配慮だと思っている。半面、仕方がないとはいえ、人生に巻き込む話はどうなったと、少なからず失望もあった。

だからこそ、ディディエの言ったように久遠が存分に動けていることを願うばかりだ。

「僕は、きみにすごく興味があったんだ。あの鉄の心をどうやって溶かしたのかって」

片目を瞑《つぶ》ってみせたディディエに苦笑する。ずっと肩肘《かたひじ》を張っていたらしいと、ディディエと話をして気づかされた。

そういえば、自分たちの関係を久遠はディディエにどう説明しているのだろう。友人というにはいささか無理がある。親族か。以前沢木《さわき》は、和孝を指して「家族みたいなもの」と組員に説明していた。

「久遠さんは、俺のこと――」

どういう聞き方をすればいいのかわからず、口ごもる。仮に親族と話していたなら、この質問自体が妙だ。

「安心して」

ディディエはやわらかな表情で頷《うなず》いた。

「アキは、きみとの未来をちゃんと考えているよ」

この一言は不意打ちだった。驚かされると同時に、胸がいっぱいになる。

久遠がふたりの未来を思い描いている、それを疑う気持ちは微塵《みじん》もない。いつのときも、そのために自分たちはともに歩んできた。

「ありがとうございます」

「僕は、アキの話をしただけだけどね」

「でも、すごく気持ちが楽になったので」

どんな励ましよりも、いまの一言は心に響いた。ディディエがどこまで今度の経緯を知っているかわからないが、遠く離れている久遠が身近に感じられ、じきにまた会える日が来ると信じられるような気すらしてくる。

それこそがいまの自分には必要だった。

別荘に着くと、ディディエがコーヒーを淹れ始め、和孝は食材を片づける傍ら昼食の準備に取りかかる。

今日はスモークサーモンとトマトの冷製パスタ、オレンジとベビーリーフのサラダ。パスタの味つけはオリーブオイルと塩コショウだけなので、いくらもせずにでき上がる。

「俺もお守り代わりに宝石をひとつ持とうかな。誕生石とかいいかもです」

ミルの音とともに室内に広がったコーヒーの香りにリラックスしてそう言ったところ、いいね、とディディエが同調した。

「誕生石はもちろんだけど、直感で選ぶのもおすすめだよ」

「それだと、最初に値段を決めておかなきゃですね」

「そこは大事だ」

ディディエと談笑しつつ、パスタとサラダをテーブルに並べていると、まもなく榊が外から戻ってきた。散策にでも行ったのだとばかり思っていたが、どうやらちがったらしく、リビングダイニングに入ってきた途端、恨めしそうな目で責められた。

「市場に出かけただけにしては遅いから、捜しに行ったんだ。けど、ふたり一緒だったんだね。僕をひとりにして」

相変わらずうっとうしい。多少マシになったと思っていたのは間違いだったか。もはや文句を言う気も起こらない。

「座ってください」

とっとと食ってくれ、という意味で榊に昼食を勧める。榊の愚痴を封じるにはそれが一番手っ取り早いからだが、案の定簡単に機嫌は直った。

「和孝くんの手料理を毎日食べられる僕は、なんて幸せなんだ」

長々と拗ねられるくらいなら、幾度となく聞いた一言にうんざりするほうがまだマシだ。

席に着くと、いただきますと三人で手を合わせる。ディディエも「いただきます」「ごちそうさま」は日本式を気に入ったらしい。

「ああ、このパスタ、すごくおいしいな」

ディディエの笑顔に、榊がなぜか誇らしげに胸を張る。

「和孝くんはプロなんだから、おいしいに決まってる」

「そうだね。毎日カズタカのおいしい料理が食べられて、ヨージロの言ったとおり僕たちはラッキーだ」

同じ台詞でも、発する人間によってこうもちがうものか。ディディエの褒め言葉は素直に受け止められる。

「お口に合ってよかったです」

一方で、三人でテーブルを囲むのももう何十回目かになるというのに、毎回妙な感じがする。どこかちぐはぐで、落ち着かない。

それもそのはず、つい最近まで見知らぬ他人同士だったのだ。

やくざの情夫とそのストーカー、やくざの旧友のフランス人。それがいまや共同生活をしているのだから、ちぐはぐに決まっている。

「レストランをやっているんだよね。いまは、スタッフに任せてるの？」

この問いには瞬時に頰が強張《こわば》った。

「あ……いえ。しばらくお休みです」

オーナーシェフである自分が不在である以上、休業せざるを得ない。突然なうえ、なんの説明もせず聡《さとし》に任せて出てきたため、津守《つもり》も村方《むらかた》も戸惑ったはずだ。本来なら怒って当たり前のことをした。

だが、彼らは怒っていないとわかっている。それどころか、毎日案じてくれているだろう。津守と村方、ふたりはそういう人間だ。

申し訳なさで胸が痛んだ。

「そうなんだね」

ディディエの返答は一言だった。慰めも励ましもないことにほっとする。きっと久遠はディディエのこういう面を信頼しているのだろうと、ふたりが友人関係にあるという事実をいまさらながらに実感した。

久遠とディディエは、月と太陽という印象にたがわず正反対だと言える。ひとりは過去に囚《とら》われていて、解放されたあとも己の立場にがんじがらめになっている、いや、自らをがんじがらめにしている男だ。

そして、もうひとりは自由を愛する男。

あまりにちがうからこそ馬が合うのかもしれない。密に連絡をとり合う仲であるかどうかは、この際二の次だ。

「いろいろあったのは間違いないとしても、だからって和孝くんに宝石を売りつけるのはどうかと思う」

どうやら先ほどの話が聞こえていたようだが、あまりに唐突なうえ、失礼な一言を榊が口にする。

「俺が欲しいって言ったんです」

諫《いさ》めたつもりだったが、榊には通用しなかった。

「第一、どんな宝石も和孝くんの前では霞《かす》んでしまうでしょう！」

は厄介だった。

鼻息も荒く断言されて、どう対処すればいいというのだ。本人が大真面目《おおまじめ》だからこそ榊は厄介だった。

反応すればよけいに話がややこしくなる。無視しようと決め、和孝は黙ったままパスタを口に運んだ。

しかし、榊の口を止められなかった。

「いえ、僕も理解はできますよ。ゴージャスな宝石をつけて映える人間は少ないですからね。つけたところを見たくなる。でも、所詮、石だ」

勘弁してくれと心中で吐き捨てる。円滑な生活を送るには榊の人となりは伏せておいたほうが得策だと思い、ディディエには経緯を伝えていない。久遠にしても簡潔な説明はしても、詳細まで話したとは考えにくかった。そのわずかな温情すらも台無しにするのが、榊という男だ。

「そうだね。宝石は、必要としない者にはただの石だ。でも、さっきカズタカと話していたようにお守りでもあるし、相性のいいものと出会えたときは幸運を引き寄せると僕は信じてるんだ」

「そう思う気持ちはわからないでもないですが、個人的な感情でしょう」

「そのとおり。だからこそ自分で買いたいというひと、愛するパートナーから贈られたいというひと。そもそも持ちたくないというひと。宝石はプライベートなものだから、自由に、勝手に決めていいと思う」

これ以上は黙って聞いていられず、榊がまた暴言を吐く前に和孝は割って入る。

「自由に、勝手にですか――なんだかいいですね」

いいと思ったのは本当だった。じつのところ宝石を含めて装飾品に興味をもったことは一度もないので、共感を抱いたのはディディエの考え方のほうだが。

お守り代わりにと持ちかけたのも、世話になっているのだから宝石のひとつくらい買うべきだろうという、下心みたいなものだった。

おそらくそれでもいいのだ。下心でも、そうでなくても、やっぱりいらないと撤回したとしても、ディディエは笑顔で受け入れてくれるにちがいない。

榊が黙り込む。さしもの榊も反論はできなかったかと思った矢先、突拍子もない一言を聞くはめになる。

「そのお守り、僕に贈らせてくれないだろうか」

「は？」

瞬時に拒否感が顔に出てしまったらしい。榊は慌てて言葉を重ねる。

「パートナーだなんて図々《ずうずう》しいことは思ってない。もちろんそうなれたら嬉しいけど――きみの身を案じる友人として、いや、友人のひとりとして贈らせてもらえないかな」

出たよ、とため息を殺して内心で呟《つぶや》く。榊から贈られる宝石なんて厭《いや》に決まっている。

どんな念がこもっているか、想像しただけでぞっとする。

「俺は、自分で買いたい派なので」

断るのも自由だろう。丁重に辞退すると、あからさまに残念そうな顔をされる。

しつこくしてこないだけ榊もずいぶんまともになったと思っていいのか、それとも、恐ろしい事実ではあるものの和孝自身が榊の存在に慣れてしまっただけなのか。

「ヨージロ。何事も、引き際は大切だよ」

ディディエに先手を打たれたせいで、いっそう榊は苦い顔になる。

多少なりとも榊がまともに感じられるのに、ディディエの存在が大きいのは確かだ。なんにしても榊はディディエが苦手らしい。

ばつの悪そうな表情がそれを如実に表していた。

ちぐはぐでもなんとか共同生活を送れるはずだ。端《はな》から、そのままを受け入れられているのだから。

不思議なひとだな、と愉しそうに笑っているディディエを見て思う。

「でも、幸運を呼ぶって聞くと、なんだかおちおちなくすこともできませんね。金庫にでも入れておきたくなります」

これに関しては本音だ。たとえ自分で買った宝石であっても、ディディエの話を聞いたあとでは、たかが石とあしらえなくなりそうだった。

「僕としては値段にかかわらず大事にしてほしいけど、もしものときでも潮時だったと思って。それも運命だよ」

「面白いですね」

　人間関係と同じだ、という意味でそう返す。

「ああ、そういえば」

　ふと、ディディエの目が細められた。

「昔、恋人からプレゼントされた指輪をなくして嘆く知人に、正直に伝えるべきだと事もなげに言った男がいたな。『物である以上、なくしてもおかしくない』と。大事にするのとは別に、そういうスタンスは必要かもしれないね。ひとつなくしたからといって、それがすべてじゃないから」

「――――」

　こちらを見てほほ笑んだディディエに、その男とは久遠なのだろうと察する。まだ二十歳そこそこで、というのはさておき、いかにも久遠らしい言い方だ。

「そいつは、情緒の欠片《かけら》もないいな」

　自分を棚に上げ、榊が笑い飛ばす。

「どうだろうね。意志の強い男なのは確かだよ」

　和孝といえば、榊はもとより、ディディエのフォローも二の次になった。

顔を見るどころか声も聞けず、外からの情報も遮断した日々。完全に久遠から離れた生活を送っていながら、ふとした瞬間、明瞭に感じられるときがある。

たとえば、いまのように他者の口から久遠の話が出たとき。あるいは、部屋でひとりあれこれ考え、過去の出来事を反芻《はんすう》しているとき。

たいがいろくな考えには至らないが、身近に感じられる瞬間であるのは間違いない。名前を呼ばれたような気がして、困るくらいだ。

いまも、唐突に語られた久遠の昔話を聞いて意識がそちらへ向かう。数々の記憶が一気によみがえったばかりか、マルボロと整髪料の混じった匂《にお》いまで思い出してしまう。

「あ……今日の夕飯は帆立てのソテーと、オムレツを作るつもりです」

強引なのは承知で話題を変えると、いいね、とすぐにディディエが反応してくれる。こういう気の回し方もありがたかった。

「帆立ては大好きだ。あとはオムレツ？　ハラペーニョがあるといいなあ」

「ハラペーニョ？」

ディディエが辛い物好きと知るには、一日もあれば十分だった。ハリッサ、チリソース、先日作ったローストビーフにはマスタードをたっぷり。

「ないと思います？」

「やったね」

和孝の返答に親指を立てたディディエを見ていると、自然に頬が緩む。おいしく食べてほしいと思いながら作った食事を喜んでもらえる、それこそが料理の基本だ。店でも家庭でもそこにちがいはない。

「手伝えることがあったら言って」

ディディエの申し出をさえぎる勢いで、榊がすぐさま手を挙げる。

「僕も帆立てもオムレツも好きだし、手伝うよ」

慣れというのは恐ろしい。なにを張り合っているのかと呆《あき》れつつも、いまはこのくだらなさが気楽だった。

少なくとも、無駄な思考を絶てる。

過去の思い出のみならず、今日はなにをしているだろうか、無事でいるだろうかとそのことばかり考えて過ごすなんてごめんだ。

あの日、病院で久遠と会った日。おそらく自分は一緒に逃げてほしかったのだろう。そのため、ひとりで放り出されたことにショックを受けた。

けれど、そもそもが間違っていたとこうなって思う。窮地に陥っている状況で、久遠が組や組員を放り出して逃げるはずがない。

長としての責務がある。それ以上に久遠自身の矜持《きょうじ》、もっと言えば生き様ではないかと、離れてみて実感する。組を、家族を守り抜くことこそが久遠の人生だ。

「夕飯が愉しみだ。今日も同じテーブルについて、和孝くんの作った食事を味わえるなんて夢のよう――え、まさか夢じゃないよね」

自身の頬を抓《つね》る榊に、ディディエが声を上げて笑う。

「ヨージロ、やっぱり面白いな」

不本意だとばかりに仏頂面になる榊に、和孝も合わせて口許だけ笑みを作った。日本に残してきたはずの感情を思い出し、乱れた心をなんとか落ち着かせながら。

「俺、夕食まで本でも読んでます」

椅子から腰を上げた和孝は、食事の片づけをしてからリビングダイニングを出て、ひとりになるために個室へ移動した。

ごろりとベッドに横になると、何度か深呼吸をする。

「無事じゃなかったら、許さない」

久遠の顔を思い浮かべて小さく呟き、それから、

――久遠さん。

心を込めて大事な名前を心中で呼んだ。

あとは可能な限り気持ちをまぎらわせることに集中した。夕食作りの手順や読みかけの本、宝石。明日の買い物。そして、語学。

ベッドの横のサイドボードに置いたＣＤプレイヤーのスイッチを押し、アラビア語の入

門書を開く。

「『Ljaw《ルジョウ》 zwin《ズイーン》』『Labas!《ラバス》』『Labas《ラバース》 lhamd lillah《ハムドゥリッラー》』」

幸か不幸か時間ならたっぷりある。難易度の高い語学はその他の思考を追い払うにはちょうどよく、くり返し音読しているうちに平静を取り戻すことができて、和孝は安堵《あんど》した。

まだ俺は大丈夫、うまくやれる、と。

――久遠さん。

窓ガラスを這《は》うように流れていく雨だれを目で追っていた久遠は、ふと呼ばれたような気がしてそこから視線を外した。

だが、夜の葬儀場のエントランスに人けはなく、静まり返っている。通夜から葬儀を取り仕切っている上総《かずさ》は、かけつけた両親に付き添い、葬儀場の宿泊施設にいるのだろう。

他の組員たちは棺《ひつぎ》越《ご》しの別れのみで、早々に葬儀場から出ていかせた。葬儀場へ迷惑をかけないためと、両親への配慮だった。

遺体の損傷が激しく、棺の窓すら閉じた状態なのだ。

父親だけが対面し、母親は結局息子の死に顔を見ずじまいでいるが、そうしたのは正解だった。

父親の嘆きはあまりに激しく、憔悴《しょうすい》しきっていた。立っているのが不思議なほどに。

水元《みずもと》の遺体を確認してから三日。

午後になってようやく司法解剖から戻ってきたが、待たされた両親はすでに疲労困憊《ひろうこんぱい》していた。

七十歳間近になって一人息子に先立たれた両親の心情はいかばかりか。子を持たない身には知りようがない。早くに親を亡くした子どもの感情とは、おそらくちがうだろう。

こうべを垂れ、謝罪したとき、誠実な両親から涙ながらに語られた言葉が耳にこびりついていて、しばらく離れそうにない。

――あのばかがっ。親より先にあの世にいっちまいやがって。

絞り出すような父親の一言に、母親は嗚咽《おえつ》を漏らしながら切れ切れに問うてきた。

――地元では居場所がなかったあの子が、大事な仲間ができたって……嬉しそうに話してくれて。あの子は、少しでも皆さんのお役に立ててたんでしょうか。

やくざはまごうことなき悪だ。

必要悪と評されていた時代もあったが、もはやその言い訳すら通用しなくなった。そんななかにあって母親の言葉は、真理だと思えた。

水元だけではない。裏社会に足を踏み入れる者はみなそうだ。居場所を、仲間を求めて組織に入る。

それだけに上役としての責任は重い。

水元を見す見す死なせてしまったことについては久遠自身の落ち度であり、それゆえに犬死ににになるような事態だけはなんとしても避けたかった。

窓ガラスを流れ落ちる雨の筋へ視線を戻したとき、上総が姿を見せ、歩み寄ってくる。その顔にはやはり疲労が色濃く表れていた。

「ご両親は、つらいですね」

そうだな、と久遠は顎《あご》を引く。

「水元の直接の死因ですが」

「外傷性くも膜下出血で間違いない」

両親からの委任により受け取った死体検案書に、硬い棒状のもので何度も殴打されたとあった。

過剰殺傷と言った高山《たかやま》の言葉も正しかった。死後も殴り続けるには、相応の体力気力が必要だったはずだ。おそらく実行した者は薬物でハイになっていたか、なんらかの理由で異常な興奮状態にあったと推測できる。

この事態をおさめるには犠牲が必要だと言った三島《みしま》の言葉が正しかったとしても、それが水元の命である必要はなかったはずだ。

「真柴《ましば》とは話せたか？」

真柴を襲った相手——一賀堂《いちがどう》の末端組員はすでに出頭済みだ。その男が実行犯であるかどうかについては、たいした問題ではなかった。

「相手の顔ははっきり見ていないらしいです。特定は難しいでしょう」

上総もそう思っているからこそ、

「この件について、三島さんからなにかありましたか？」

三島の名前を出すのだ。

「白々しいお悔やみの電話と香典が送られてきた」

上総が眼鏡の奥の目を眇《すが》める。

「三島さんはなにを考えているんでしょう」

上総が訝《いぶか》るのも無理はない。誰の目から見ても、後先考えない愚かなやり方だろう。すでに、三島が裏で糸を引いたのではないかと役員連中は疑いを持っていると聞く。

「あのひとらしいじゃないか」

実際、三島には後も先もない、と久遠は思っている。不動清和会《ふどうせいわかい》どころか、結城《ゆうき》組に火の粉が降りかかってこようと、組員が捕まろうと、そのうちの幾人かが命を落とそうと、三島にとっては些末《さまつ》なことなのだ。

自身が不利益を被ろうものなら、相手が誰であろうと、たとえ身内であっても平然と排除するにちがいない。対処するより、跡形もなく消してしまったほうが楽だという理由だけで。

「一度組に戻る」

葬儀場に来るのを遠慮した組員のことが気がかりだった。それ以上に、先刻棺に取りすがって号泣していた有坂《ありさか》はいまどうしているか。

「沢木には連絡済みですか？」

「もうすぐ着くはずだ」

頷いた上総が窓の外へ目をやり、長いため息をこぼす。

「結構降ってますね」

水元の遺体が戻ってきたのとタイミングを同じくして、一気に暗雲が張り出した。ぽつぽつと雨滴が落ち始めたかと思うと雨脚は一気に強まり、やがて本降りになった。

「そうだな」

しばらくはやみそうにない。明日の葬儀も雨だろう。

「酒を飲んで喧嘩《けんか》をしたあげく刺されたひと、いましたね。確か、尾崎《おざき》さんでしたか」

「ああ、十年近く前か。よく暴れて、親父《おやじ》に叱られていた」

結局、彼は酒に命を奪われた。ばか野郎がと木島《きじま》が苦渋の表情で悔しがっていたのを思い出す。

「あのあたりの年代は、気性の激しい人たちが結構いましたから。昔に比べたら、いまの若い奴《やつ》らはずいぶん優等生です」

「時代もあるだろうな」

「病気で亡くなった組員も」

「ああ」

とりとめもなく上総が話すのはめずらしい。が、なにを言わんとしているのか、察していた。

「水元は、この稼業には向かないほど気のいい男でした。普通に暮らしていたなら、もっと長生きできたはずです」

そのとおりだ。これほど呆気《あっけ》なく、悲惨な死に方をするような男ではなかった。だからこそ、どうすれば水元は死なずにすんだのだろうと考えずにはいられない。

もっと早い時点でこちらから三島に仕掛けるべきだったのか。それとも、跪《ひざまず》いて従えばよかったのか。

だが、いくら考え、悔やんだところで時間は一方通行だ。誰にも取り戻すことはできない。

「沢木が来たようだ」

アプローチに見慣れた車が停《と》まる。

「私は、ご両親についています」

一度視線を合わせて、上総とはその場で別れた。久遠が外へ出ると、沢木が傘を差しかけてきた。

その顔は険しく、両目は赤く充血し、唇が小刻みに痙攣《けいれん》している。悲しみや怒りをぶつけるところがないせいで、持て余しているのだ。

「お疲れ様です」

震える声にも沢木の悲嘆が表れていた。

無理もない。沢木が怪我《けが》をしたとき、別件に携わっていたとき、自身の代役としてハンドルを握ったのは水元だった。当人と、沢木の希望でもあった。

久遠が後部座席に身を入れると、沢木は自身が濡《ぬ》れるのも構わず傘を畳み、運転席に戻る。

動きだした車の中で、久遠はしばらく規則正しいワイパーの動きを眺めて時間を費やした。

「みなはどうしてる？」

その甲斐《かい》あってか、発した声は普段と同じだった。

「みんな……事務所にいます」

答えた沢木の喉《のど》が、ごきゅっと音を立てる。

それで十分だ。どんな様子でいるのか、問うまでもない。今日という日を組員すべてがけっして忘れないだろう。

自分を含めて。

「このままではすまさないから、安心しろ」

一言告げたあと、事務所に到着するまでの間は無言で喪に服した。車から降りると同時に、沢木への言葉を実行するつもりでいる。

ひとりの家族を喪《うしな》った悲しみに浸るのは、その後でも遅くはない。

まもなく車が停まり、久遠はビル内に入る。事務所のドアを開ける前から、中の様子が伝わってきた。

しんと静まり返っていたかと思うと、突如ひとりの怒声が響く。続いて大勢が一斉に声を上げ始め、なにかが倒れる鈍い音も耳に届いた。

ドアを開けた久遠を待っていたのは、予想どおりの光景だった。

椅子がいくつも倒れ、本来はデスクに置かれていたはずの書類が床に散らばっている。

ファイルをひとつ拾った久遠はそれをデスクに戻してから、口を開いた。

「水元は残念だった」

無論、こんな一言ではすまされないと承知している。

「……親父さん！」

詰め寄ってきた組員に、久遠は言葉を繋《つな》げていった。

「水元の仇《かたき》は必ずとる。まだ俺に命を預けてくれるか」

我ながら狡猾《こうかつ》な言い方をしているという自覚はあった。なにしろ組員の自主的な報復の機会を奪ったうえで、指示どおりに動けと命じているのだ。

「そんなの、当たり前じゃないですか！」

「俺らの命は、とっくに親父のモンっすから」

「親父さんのためなら、なんでもします。使ってくださいっ」

真摯《しんし》なまなざしで、口々にそう言ってくる組員たちに久遠は頷く。答えがわかっていた時点で質問ですらなかったと、心中で自嘲《じちょう》しながら。

だが、いまはそれが必要だった。

報復合戦――それを避ける方法はひとつ。報復する力も気力も湧《わ》かないほど敵を叩きのめせばいいだけのことだ。

「ありがとう」

その一言で事務所を出る。エレベーターのボタンを押した久遠は、外から戻ってきたばかりの有坂と伊塚《いづか》と鉢合わせした。

「お疲れさんです」

「お疲れ様です」

ふたりの声にも顔にも、他の組員同様の疲労が滲《にじ》んでいる。特に有坂は悲愴《ひそう》に見えるほどだ。

そして、伊塚は。

先日、有坂について相談があると言っていたにもかかわらず、結局なにも話さず出ていった。

——伊塚って奴がいるだろ？　そいつ、三島の手先だ。たぶん従兄弟《いとこ》か異母兄弟か、とにかく血縁関係だと思う。三島が直接そう言ったわけじゃないけど、酔ったときに植草《うえくさ》のやり方は正しい、血の繋がりは使えるって吹いてたし。

田丸《たまる》からの情報に裏付けはない。半面、この手の嘘《うそ》をつく理由がいまの田丸にあるかどうかは明白だった。

そもそも今回の件は伊塚ひとりでどうにかなるものではないし、警察に内通者でもいるのか、結城組に入ったガサも特に問題はなかったという。

事前に知らされていたとみて間違いないだろう。もはや隠す必要もないとの判断か、結城組の薬物売買は会内では周知の事実なうえ、いっそうルートを拡大しようとしているさなかだ。

エレベーターで上階へ行き部屋に戻った久遠は、デスクについてから思考を再開した。

三島の父親は警察幹部——警視庁で警務部長まで務めた某警視監だ。退職後もそれなりに顔はきくだろう。三島自身は認知されておらず、本人が経歴を何重にも隠していたことからこれまでいっさいの交流を絶っていたと窺われる。

だが、田丸の話が事実なら、従兄弟か異母兄弟とはつき合いがある。となると、三島にとってはまたとない手足だ。

問題は、どの時点で繋がりをもったのか、だ。

最近のはずはないから数年前か。三島が四代目の座につくより前だったという可能性もある。

デスクの上の受話器をとる。

「伊塚はいるか？　部屋に来るよう言ってくれ」

無駄な時間を費やしてもしようがないので、内線で当人を呼び出す。数分後、部屋のドアがノックされた。

「伊塚です」

入室を許可した久遠は、入ってきた伊塚を観察する。細身の体軀《たいく》に、いまだ大学生でも通用しそうな清潔感のある外見。

三島に似たところを探そうにも、身体つきにも目鼻立ちにも共通点はない。伊塚は、やくざと知れば誰もが驚くほど普通の青年だ。

「うちに来て、三、四年になるか」

声をかけると、背筋を伸ばしたままで伊塚が顎を引いた。

「はい。もうすぐ四年になります」

「そうか」

久遠は伊塚を見据えたまま、本題に入る。

「それで、おまえは三島の犬か？」

伊塚が息を呑《の》むのがわかった。そして、唇を引き結ぶ。狼狽《うろた》え、慌てて言い訳をしないのはこうなることを想定していたのか、あるいは三島同様図太いのか。

「……そうとも、ちがうとも言えます」

伊塚は、両のこぶしをぎゅっと握り締める。

「俺の耳に入ってきた。どうしてだと思う？」

「たぶん、三島さんが噂《うわさ》を流しているからだと」

「なんのために」

瞬きを一度。だが、落ち着いている。

「どこから話せばいいですか」

「五分ですませろ」

頷いた伊塚は口火を切り、ほぼ五分で状況を説明し終えた。

要約すれば、こうだ。

四年前、三島に命じられ、有坂に取り入り、目的をもって木島組にもぐり込んだ。言わずもがな、目的とは木島組の動向を三島に流すことにほかならない。

ここにきて伊塚が三島の犬だと、噂という形で広まり始めたのはなぜか。伊塚はふたつの理由を挙げた。

ひとつは、木島組を内部から崩壊させるため。もうひとつは、三島にとってすでに伊塚という犬が不要になったというもの。

三島が木島組を標的にした、それはもはや不動清和会の共通認識となった。裏で画策していた事実が露見したところで痛《いた》くも痒《かゆ》くもない、と自身の力を誇示する目的もそこにはあるだろう。

そもそもなぜ三島に従ったのか。六年かけて医学部を卒業したからには医者になるつもりはあったはずだ。

これについての伊塚の返答は明瞭だった。

「三島さんが現れたからです。研修先に迷惑はかけられません」

ようは三島に脅されたというわけか。

「兄弟だって？」

「異母兄弟ですが」

「確かなのか？」

「母の過去を自分でも調べたので、おそらく。母は未婚で俺を産んで、三歳のときに義父と籍を入れてます」

どうやら三島と伊塚の父親である警視監は相当お盛んだったらしい。三島の母親以外にも愛人が複数いたという。

当然、三島や伊塚以外にも婚外子がいておかしくはない。認知しなかったのは、金で解決したからか。

「知っていることはすべて話せ」

さらに五分かけて伊塚の話を聞く。

「それで、よくやくざにまでなったな。三島を恨まなかったのか」

これにも即答が返った。

「義父は肺がんなんですが、先進医療の費用を三島さんが出してくれました」

相変わらずのやり方だ。相手の弱みに付け込んで、自身の役に立つことを条件に最大限の支援を約束するのだ。

田丸のケースもそうだったし、おそらくは斉藤《さいとう》組の瀬名《せな》にも同じ方法を用いたにちがいない。相手に脅されたという意識は薄く、恩さえ感じていたとしても不思議ではなかった。

「親はそのことについてどう言った？」

「会ってないのでわかりません」

大学を出たからといって、良好な家庭環境と決めつけるのは早い。小耳に挟んだところでは、両親はずっと仮面夫婦、家庭内別居だったようだ。

それでも治療費としてまとまった金額を渡したばかりか、伊塚は月々送金していると聞く。本人は親を子が助けるのは当然だと思っているようだ。

「あの……」

ここにきて伊塚が戸惑いを見せる。

「この話は、以前もしました」

他の組員と寝食をともにして一年もたつ頃には耐えられなくなり、この部屋で打ち明けた。その際、久遠自身から口止めされたと伊塚は言った。

「もしかして先日の事故のせいで——外傷性の記憶障害ですか？」

ここまできて伊塚に嘘をつく理由はない。ああ、と認める。

「だから、有坂さんのことで相談を持ちかけたとき無反応だったんですね」

それが、あのとき途中で話を切り上げて出ていった理由か。

もっとも伊塚の話がすべて正しいかどうか、現時点で結論を出すのは早計だ。なにしろこちらは記憶を失っている。

だが、すぐにはっきりするだろう。記憶障害の件が三島の耳に入るかどうかで明白になる。

「有坂には話したのか？」

有坂は伊塚にとって直属の上役に当たる。

「いえ……ですが、もしかしたら気づいているんじゃないかと。どこまでなのかは、わかりませんが」

よくも悪くもまっすぐな男だ、という木島の言葉を思い出す。十年以上のつき合いになるが、実際有坂はそのとおりの男だった。若い頃は木島組の特攻隊長を自任していただけあって、現在も血の気の多い若衆のまとめ役を担っている。

「わかっていると思うが、他言するなよ。有坂にも、だ。おまえのためだけじゃなく、みなの士気にかかわる」

念には念を入れて釘《くぎ》を刺す。

はい、と伊塚が明瞭な返事をした。

「行っていい」

話は終わったと、久遠がデスクの上の煙草《たばこ》に手を伸ばしたあとも、伊塚はまだそこに留《とど》まる。

「――俺は、どうしたらいいですか」

硬い表情の問いには、

「これまでどおりだ」

火をつける傍ら一言返した。

あとは自分で考えろという意味でもあったが、幸いにも質問を重ねることなく一礼すると、伊塚は部屋を出ていった。

椅子の背凭《せもた》れに身体を預け、頭を空っぽにして一服した久遠は、灰皿で火を消してからふたたび受話器を手にした。

「有坂はそこにいるか？」

答えたのは沢木だ。

『あ、いえ。ついさっき外に行かれました。行き先は聞いてませんが、確認したほうがいいですか』

「いや、いい」

受話器を置く。ほぼ同時に携帯が震え始めた。

相手の名前を確認すると、気が滅入《めい》る。愉しい話にはならないだろうことは、先日の件でも明らかだった。

「お手柔らかに頼む」

難しいのは承知でそう言う。

『努力します』

宮原《みやはら》の声音は普段どおりでも、内心も同じではないとわかっている。和孝が襲われたと聞きつけた宮原から、厳しい言葉で糾弾されたばかりだ。

『聡くんから連絡をもらいました。柚木《ゆぎ》くんは、久遠さんがかくまったんですね』

明確な返答を望まれているのは承知で、この問いを無言で聞き流す。実際のところ答えようがなかった。

『どこに――というのは聞かないほうがいいんでしょう』

「聞かれても、俺も知らない」

三島が手を出せない場所へ、という意図もあったが、それだけではない。和孝にとって一番の疫病神は、久遠自身だ。

完全に絶ってしまうには、自分から離すのが先決だった。

『え』

宮原が驚きの声を上げた。だが、すぐにその意図を察したようだった。

『そういうことですか。でも、おかげで嫌われ役をしなくてすみました』

先日の件も合わせて謝罪してくる。

そして、ふっとため息をこぼした。

『柚木くんが、最後の電話の相手に聡くんを選んだ理由がわかるだけに、落ち込んでしまいます』

どうやら宮原にしても同じらしい。どこか苦さの滲んだ言葉には悔恨があり、そうだなと久遠は答えた。

お手柔らかにという頼みを守ってくれたのか、一分あまりで電話は切れる。携帯をデスクへ戻し、次の煙草に手を伸ばしたとき、まだ幼さの残った面差しを思い出した。

当時から和孝は、子どもっぽい聡を庇護《ひご》する一方で頼っていた。そうさせるだけのなにかが彼にはあったのだろう。

確かに落ち込むはずだ。

宮原に同情しつつ、煙草の煙を吐き出した。

いま頃、悪態をついているか。その様子を明瞭に思い描くことができ、苦笑する。そうあってほしいと、久遠自身の願望でもあった。

悪態がつけるうちはまだエネルギーがあるということだ。

自分で思っているよりおまえは強いはずだ、とどこにいるのかも知れない和孝のことを考える。

実際、これまで何度も和孝の踏ん張りには助けられた。

それなのに——今度ばかりは、まんまと三島にやられた。記憶障害などなんの言い訳にもならない。自身の認識が甘かった、三島辰也《たつや》を見誤った、それが事実だ。

そのせいで水元を悲惨な死に追い込んでしまった。

「………」

ぎりっと歯嚙《はが》みをした久遠は、脳内に居座り続けている三島の存在を一度追いやる。水元の通夜である今日、あの男への怨嗟《えんさ》や自身の後悔で汚すつもりはなかった。

——親父さん。

突出してなにか長《た》けたところのある男ではなかった。ただひたすらに誠実だった。地元でなにがあったにしても両親との仲が円満であることからも、それがよくわかる。だからこそみなの信頼を得ていたし、いつも裏方として努力していた姿を久遠も目にしてきた。

やくざは死に様にこだわる。誰もが無駄死にだけはしたくないと虚勢を張る。だが、そんな一瞬のことで人間の価値が決まるわけではないと、水元の死が示してくれた。

死に様でなく、どういう人生を歩んできたか、それこそが重要だと。

「よくやった」

久遠は一言そう言い、つかの間、黙って煙草を吹かしながら大切な部下を失った悲しみに浸り、弔った。

3

嫌みなまでに高価な調度品に囲まれた一室で、三人の男がソファに腰かけ、向かい合っている。

上座には四十代前半の男。国内最大組織である広域指定暴力団、不動清和会《ふどうせいわかい》の四代目、三島辰也《みしまたつや》だ。

終始不遜《ふそん》な笑みを口許《くちもと》に引《ひ》っ掻《か》けている三島は、ブランデーを片手に壁の風景画へ視線を流す。

「先月手に入れたばかりだ。いくらかわかるか?」

問われたふたりの男は、緊張のためか背筋を伸ばしたまま顔だけそちらへ向けたあと、同時に「いいえ」と答える。

本来ならおべっかのひとつも口にする場面だろうが、ふたりにその余裕はない。部屋に入ってきたときから表情は硬く、肩には力が入っていた。

それも当然で、ふたりともまだ三十前後と若いうえ、一方は会内の下っ端、もう一方に至ってはやくざですらなかった。

しかも互いに会うのは今日が初めてだった。

「勘でいいから言ってみろ。近かったほうに褒美をやるぞ」

面白がっているのだろう、なおも三島が促す。ふたりにとっては災難だ。

安く見積もれば「俺がそんな安物をありがたがるって?」と、逆に高すぎてしまえば「安物で悪かったな」と皮肉を言われかねない。どちらにしても機嫌を損ねることは確かだった。

「すみません!」

一方の男が深々とこうべを垂れた。

「私は——浅学なもので、こういう芸術品はさっぱりわかりません」

ひたすら恐縮して謝る姿は卑屈に見えても、この場ではもっとも賢明な対応だ。現に三島は自尊心をくすぐられたのか、しょうがねえなと頬《ほお》を緩める。

「柊《しゅう》、おまえ、インテリのくせに芸術も解さないのかよ。そろそろ本物に触れとかないと、恥を掻《か》くぞ」

三島のインテリ嫌いはいまに始まったことではない。木島《きじま》組を敵対視しているのも、そういう部分が多分にあるだろう。頭を下げているのが木島組の組員で、彼自身も医学部を卒業している伊塚《いづか》柊だからこそだと言える。

なにより毛嫌いしている男の部下だ。

得々とした三島の口上は続く。

「まあ、あいつ、金に渋そうだもんな。帳簿とかなんとかつけさせて、どうせ下を安《や》っすい金で扱《こ》き使《つか》ってるんだろ？」

あいつとは、もちろん木島組の組長である久遠彰允《くどうあきまさ》のことだ。

は、と嘲笑《あざわら》ってみせるのも、ふたりの前で久遠を貶《おとし》めたいからにほかならない。と同時に、自分たちの共通の敵は久遠だと再認識させる意図もあるだろう。

三島自身に誇れる学歴はなくとも、誰より悪知恵の働く男だった。

「で？　おまえのほうは？　久遠とはうまくやってるのか？」

三島が、伊塚から離した目をもうひとりの男へ流す。これが聞きたくて、うずうずしているようだ。

「はい。俺が木島組の脅しに屈したと信じてます」

「そりゃいい」

言葉どおり上機嫌でグラスを掲げ、琥珀《こはく》色の液体を舐《な》める。そして自身の唇に舌を這《は》わせると、ふたたび伊塚へその目を戻した。

「これまでどおり信じていいんだろうな」

三島に念押しされ、まっすぐ視線を受け止めた伊塚が頷《うなず》く。

「これまでどおりです」

なおも三島は凝視していたが、ふっとその顔に笑みを浮かべた。

「頼もしいな。まあ、仲良くやろう」

兄弟、と言って。

「そうそう。あれは気に入った。久遠のイロに動画を送っただろう？　なかなかよくできていた」

三島が持ち出したのは、久遠のイロ——柚木《ゆぎ》和孝《かずたか》に送ったフェイク動画の件だ。

「ありがとうございます」

伊塚が目礼する。

「あれで、久遠の意識が分散した。おかげで真柴《ましば》と水元《みずもと》と、笑えるくらいスムーズだったなあ。久遠はさぞ悔しがっただろうな。地団駄を踏んでいる姿を想像しただけで勃起《ぼっき》しそうなくらいだ」

よくやった、と伊塚が褒められ、黙っていられなくなったのはもうひとりの男だ。

「柚木を襲うよう指示したのは、俺です」

伊塚に競うように身を乗り出したのは、黒木《くろき》章太《しょうた》。競わせるやり方は三島の得意とするところで、彼はまんまと乗せられてしまった。

「あー、そうだったな」

しかし、こちらへの三島の反応は薄い。どうやら柚木がどこかへ飛んだ事実は三島の耳にも入っていて、これに関してはよけいだと考えているらしかった。無駄に張り合いやがって、と口には出さなくても考えが態度に透けて見えた。

「あ……でも、あいつらが仕留め損ねたのは誤算でした。まったく、肝心なところで詰めが甘いっていうか」

勘違いした黒木がさっそく言い訳をする。

あいつらと、さも部下であるかのような呼び方をしているが、実際の実行犯は黒木とは面識のない他組織の末端、もしくは半グレどもだ。いずれも金で請け負ったことは確かで、当人たちは三島の顔どころか名前も聞かされていないだろう。

「まあ、いずれにしてもこのままってことはない。久遠はなんらかの手に打って出るはずだ。水元をやられて黙っていたんじゃ、いよいよ木島組は終わりだからな」

それでは物足りないと言いたげな口調に三島の本音が覗《のぞ》く。久遠を役員から外したことで木島組は会内での発言権を失い、早晩弱体化するとしても、おそらく三島の頭のなかにはそれ以上の企《たくら》みがあるはずだ。

木島組が斉藤《さいとう》組の組員を吸収したのと同じことをしてやりたい。そう考えるほど、いまや三島は久遠を敵視している。

「――おとなしく俺の下で満足していればよかったものを」

これこそが本音だ。

仮に久遠が三島に忠実な男であったなら、目をかけたにちがいない。ただ、そうあるには久遠はいささか頭が回りすぎたし、三島は不満に思うだろうが、組への愛着心も強かった。

無論、木島が遺《のこ》した組だからだ。

「どっちみち終わりですよ」

黒木が鼻息も荒く吐き捨てる。

「あんな奴《やつ》、最初から兄貴の敵じゃなかったんだ」

褒め言葉を期待してか、黒木の勢いは増していった。

「俺はもっと兄貴の役に立ちたいです。一日も早く、捜一なんか辞めて、正式に兄貴の下につかせてください」

現在、黒木はやくざの天敵である警視庁に勤務している。公僕でありながら、三島に認められたい一心でこれまであらゆる情報を流してきた。

自身の所属する捜査一課のみならず、組対四課の動向まで。

木島組に脅された事実も三島には伝えてあり、木島組に屈したふりをして真偽織り込んだ情報を与えろと指示されていた。

三島にとっては、手足となって動く者が警察内部にいるのだからこれほど都合のいいことはない。

これまでは飛ばし携帯を唯一の連絡手段としてきたが、ここで顔合わせをする気になったのは、兄弟という意識をふたりに強く植えつけたいがためにちがいなかった。

裏切りは許さないという脅迫にもなる。

「それはさておき」

黒木の期待には応《こた》えず、三島が自身の大腿《だいたい》を叩《たた》く。黒木が伊塚にライバル心を持っていると知っているからこそで、部下を競わせるやり方は三島の得意とするところだ。まんまと乗せられた黒木は、悔しげに唇を噛《か》む。黒木の性分からすれば、食い下がりたいのを必死で我慢しているのは明らかだった。

「俺はべつに絵を見せたくておまえらを呼んだわけじゃない」

三島はそう言うと、滑らかなラインを描くカミュを手に取り、テーブルに並べてある三つのうちふたつのグラスに手ずから注いで、ふたりに勧めた。

「今日は、いわば記念日だ。決起集会と言ってもいいな。こうして兄弟が揃《そろ》ったんだ。俺は、この瞬間を待ちに待っていたぞ。なんのかの言っても、身内が一番信頼できる」

奇《く》しくも斉藤組の植草《うえくさ》と同じ台詞《せりふ》を口にして、三島が満足げに頷いた。斉藤組の植草も跡を継いだ瀬名《せな》もすでに処分済みでこの世にはいないが、縁起が悪いなどと思うほど殊勝な性質《たち》ではない。

むしろ自分であればもっとうまくやっていたと自負しているのだろう。

「はい！」

頬を紅潮させて黒木はグラスを受け取る。

「いただきます」

真摯《しんし》な態度を崩さず倣《なら》った伊塚は、このなかではもっとも若いこともあり、ライバル心を剝《む》きだしにする黒木とは異なり言葉少なく、立場を弁《わきま》えていた。

黒木とは逆に、「兄貴」を連呼することもない。もともと黒木と張り合おうという意識が薄いように見える。

現に、伊塚の場合は警察に兄弟がいるとは聞かされていたものの、それが黒木である事実を知ったのは先刻のことだ。

誰もが憧《あこが》れる警視監だった父親には常に複数の愛人がいた。一、二回の関係まで含めれば、それこそ両手では足りないくらいだろう。

婚外子は、確認できているだけでも四人。当然認知されておらず、三島は施設育ちだが、他はそれぞれ結婚した母親のもと、表向き平凡な家庭で育った。

いくつか問題を抱えていても、それは彼らに限ったことではない。

「乾杯しようじゃないか」

三島がグラスを掲げ、黒木と伊塚が続く。

「絶倫だった俺たちの親父《おやじ》に。そして、俺たち兄弟に」

俺たち兄弟に、と何度目かのその言葉をふたりも復唱し、三人で高級ブランデーをぐいと呷《あお》った。

直後、強い酒に咳《せ》き込《こ》んだ黒木を、三島が笑う。

「俺の下につきたいなら、酒くらい飲めるようにならないとな」

黒木と伊塚も同調して笑い、場は一気に和んだように見えたが、それも一瞬のことだった。

「親父」

ノックのあと、三島の部下が入ってくる。てっきり邪魔をするなと叱責《しっせき》するかと思われた三島は、そうしなかった。

「待ちくたびれたぞ」

兄弟が揃った記念日のはずなのに、どうやら他の誰かの来訪を待っていたらしい。怪訝《けげん》な顔になったところをみると、黒木と伊塚はその事実を知らなかったのだ。

まもなく部屋のドアが開き——姿を見せたのは、ふたりにとって思わぬ人物だった。その証拠に、唖然《あぜん》とした様子で客人を見ている。

上機嫌なのは、三島ひとりだ。

「どうも。水入らずの時間を邪魔してなけりゃいいんですが」

ふたりが驚くのも無理はない。がっしりとした肩を揺らしながら入ってきたのは、言わずと知れた木島組の若頭補佐、有坂《ありさか》だ。

「え……」

黒木が一瞬首を傾《かし》げたのも当然で、今日の有坂は普段とはちがう。短髪を撫《な》でつけた髪型もさることながら、伊達《だて》眼鏡をかけている。

「すみませんね。存外道が混《こ》んでいて、十五分も遅刻してしまいました。せっかくお招きいただいたというのに」

らしくない丁重な言葉遣いで謝罪した有坂を、黒木が憮然《ぶぜん》とした様子で見上げる。下手な変装をしてまでなんの用だと言いたいのだろう。

が、そうするまでもなく、有坂は眼鏡をとって上着のポケットに突っ込むと、自身の手で髪をくしゃくしゃと乱した。

「インテリの真似事《まねごと》をしてみたけど、やっぱり俺の性には合わねえな」

ぐいとネクタイを緩め、みなが知るいつもの男に戻った有坂を見て、は、と三島が笑う。

「まったくだ。サラリーマンじゃないんだ。タマの取り合いに学歴は不要だよなあ。そこをおまえらの親玉はわかってない」

三島にしてみれば、有坂の存在は大きい。結局俺が勝った、勝ち続けると先日の執行部幹部会を思い出しては悦に入っているにちがいなかった。

「やくざってのは、つまるところこれですからね」

こぶしを掲げ、有坂も笑う。こちらは三島に比べれば、ずいぶん皮肉っぽい笑みだ。

「なんであんたが！」

黙っていられないとばかりに、黒木が勢いよく立ち上がった。

黒木のように表にこそ出さないが、驚いているのは伊塚も同様で、有坂をじっと見つめている。どうやら言葉も出ないほどらしいが、直属の師弟関係にあるだけにそれも無理からぬ反応だった。

有坂はなにか察しているのでは、と久遠に話した伊塚であっても、この展開は想定していなかったのだろう。

「いきなり悪かったな。まあ、これだけおまえらが驚いてくれたんなら、狙《ねら》いは成功したってことだ」

黒木と伊塚、ふたりへ順にその目を向けた有坂は、次に三島の前まで進み出ると大腿に手をのせて腰を折る。

「こうして対面するのはお初になります。木島組若頭補佐をやらせてもらってる、有坂幸《こう》一《いち》です。これまで以上にお役に立つために、今日は兄弟の顔合わせの場と承知で、堪《たま》らず馳《は》せ参《さん》じました」

「は？」

納得できないとばかりに黒木ががなり始める。

「なに言ってるんだ。おまえ、他人だろ！　だいたい俺を脅しておきながら……しゃあしゃあと現れるなんてっ」

よほど我慢ならないのか、眦《まなじり》を吊《つ》り上げて有坂を非難したその勢いのまま、三島に向き直った。

「こいつを信じるっていうんですか！　兄弟でもないのに……。絶対、裏切るに決まってます！　久遠の手下ですよ！」

興奮で赤黒く顔を染め、黒木は三島に詰め寄る。だが、それも一瞬だ。右手を上げた三島に、口を閉じるしかなくなった。

「口を慎め、兄弟。有坂に失礼だろう」

三島は黒木を黙らせると、笑顔で有坂をもっとも近いソファに座るよう促した。

「久遠の手下だっていうなら、柊もだろ？　有坂はなんと言っても、木島組の古参だ。組内での信頼も発言力もある立場の男が味方についてくれた。これほど心強いことがあるか？」

黒木にとっては不運だというしかない。ただでさえ伊塚というライバルがいるのに、三島が手放しで有坂を迎え入れる姿を目の当たりにしたのだ。ショックは大きいだろう。

有坂への不満が出るのは当然だった。

「そんな顔をするな。これまで有坂にはずいぶん助けられたんだ」

そう前置きすると、三島が有坂の功績を並べていく。

「おまえからの薄っぺらい警察情報を久遠に報告するよう仕向けたのは有坂だったよな。それだけじゃない。いいかげん面倒になってた南川《みなみかわ》、あいつをホームレスにやらせたのもそうだ。あのときは、久遠がとりあえずおまえを懲役に行かせることでおさめると思っていたが、そうならなくてよかったよ」

これについては、久遠がこの場にいたなら白々しいと呆《あき》れたにちがいない。事態を収束させるために有坂を出頭させせろと言ったのは、他の誰でもなく三島だ。カムフラージュのためか、それともあのときは本気だったのか知っているのは三島本人だけだが、どちらにしても面の皮が厚い。

当の有坂がその事実を聞けば、どういう反応をするだろう。

「細かいことまで含めたら、まだあるぞ。なにしろ有坂は、もう一年近く木島の情報をこっちに流してくれている」

一年以上、と呟《つぶや》いたのは伊塚と黒木、ふたりともだった。それだけ衝撃を受けたのだ。仲間であるはずのふたりが困惑しているのは、その様子を見れば明らかだった。

「いやいや、それを言われると俺も心苦しい。まさかうちの組長自ら乗り込んでいったあげく、斉藤組の組員を引き入れるとは……さすがに予想できなかった」

申し訳なさそうに首をすくめた有坂に、三島はかぶりを振った。

「結果オーライだ。そのおかげですべての責任を久遠に被《かぶ》せることができたと言ってもいい。斉藤組のシマ欲しさの自作自演だってな」

本来の三島は、たった一度であろうとミスを不問にする男ではない。しかし、これについては言葉のとおりだった。

不始末の責任をとる形で役員から外された長を持つ組の末路がどうなるか、いくらでも前例がある。直近では、斉藤組がそうだ。

細々と続けていく選択もあったはずだが、斉藤組はそうしなかった。木島組を道連れにしようとした結果、組そのものがなくなった。

木島組がどちらの道を辿《たど》るにしても、このままなら衰退していくのは間違いない。いまの木島組はまさに四面楚歌《しめんそか》だと言ってよかった。

そのうえ内部に裏切り者がいるとなると、早晩白黒つくだろう。三島が勢い込むのも無理からぬことだった。

「とりあえず、一杯やろうじゃないか」

ブランデーを注いだ三つ目のグラスを、三島が有坂に渡す。

「あらためて乾杯だ。そうだな」

わずかに思案のそぶりを見せたあと、高々とグラスを上げた。

「勝利に」

不満そうではあるものの、これ以上三島に異を唱えることは逆らうも同然だ。渋々ながら黒木も、無言のままの伊塚も、そして有坂も「勝利に」と従った。

「悪いようにはしない。すべての片がついたら、必ず重用する。俺は、この手の約束は果たす男だ」

誰を、とは明言しないところが三島だ。

おそらく三者が三者とも自分こそがと意欲を燃やしているだろう。と、少なくとも三島自身は腹の中でほくそ笑んでいるにちがいなかった。

「ありがたいが」

ブランデーに口をつけた有坂が、たったいま気づいたとでも言わんばかりに黒木と伊塚へその目を向けた。

「ただ俺はどうも頭が固いのか、若造はいまひとつ信頼できねえ。いざとなるとビビって真っ先に逃げ出すだろ?」

不満があるのはお互い様と言いたいようだ。

「まあ、せいぜい俺の足を引っ張らないでくれよ」

それを最後に有坂は立ち上がると、長居は無用とばかりに三島ひとりに頭を下げ、早々に部屋を出ていった。

途端に黒木が、足にしがみつかんばかりの勢いで三島に訴え始めた。信頼できないのは、こっちのほうだと。

「どうしてあんな奴を……久遠の差し金に決まってます！　だいたいあいつは、他人じゃないですか。身内が一番信用できるって、兄貴も言ってたのに……っ」

黒木の言い分はもっともだ。身内が一番信用できると三島自身が言い、その舌の根も乾かぬうちに有坂が現れたのだから。

「兄貴……！」

必死の形相で詰め寄る黒木に、まあまあ、と三島が両手を上下に動かす。

「確かに一番信用できるのは兄弟だ。けどな、今後のことを考えたら、有坂は必要なんだよ。久遠のことだから、どうせ七面倒くせえやり方で報復に出るに決まってる。そのとき有坂には大いに役立ってもらわなきゃならない」

「…………」

黒木もそれは承知しているはずだ。が、なおも嫌悪感が表情に出る。

通常であれば、四代目の立場にある三島に面と向かって異を唱える者はいない。仮にいたとしても、一蹴《いっしゅう》されればすぐに口を閉じるだろう。

逆らわれることに慣れていない三島が、こうまで食い下がってくる黒木を許すのは兄弟ゆえか。

三島にとって「家族」「兄弟」がいかほどの価値があるものなのか、もしかしたら当人は見極めている最中なのかもしれない。

そういうものとは無縁の人生を送ってきた男だ。

「あの」

これまで黙っていた伊塚が、ここで口を開いた。

「俺も、これについては黒木さんに同感です。リスクが大きすぎないでしょうか」

伊塚はさらなる疑問を呈する。

「それに、いまさら木島組に味方する組がいるとも思えません。だとしたら、木島組は負け戦《いくさ》をすることになります」

あの久遠がそんなことはしないのでは、という意味のようだ。

三島は迷わなかった。

「必ず報復に出るさ」

断言すると、あたかも目の前にいる久遠を睨《にら》みつけるかのように双眸《そうぼう》をぎらつかせた。

「インテリだなんだと言ったところで、あいつも極道だ。こういうのは理屈じゃねえ。本能なんだよ」

頂点を奪い合う者同士だからこそ理解し得るとでも言いたげだ。

これ以上の進言は度を過ぎると判断したのだろう。

「申し訳ありません」

伊塚が謝罪すると、

「俺も、出過ぎた真似をしました」

すぐに黒木も真似る。それもこれもライバル心ゆえだ。

「謝るなって。俺はなんとも思っちゃいない。なんなら兄弟喧嘩《げんか》をしてみたいと思ってるんだ。有坂のことなら、用がすんだら切るから安心しろ」

三島の一言で、一気に場は和む。

傍《はた》から見れば、やくざのボスにその犬、捜一の刑事と相容《あいい》れない三人が同席しているだけでも異例であるのに、兄弟だというのだ。三人のうちひとりでも冷静になれたなら、その異様さに気づいただろう。

あるいは、気づいていながら知らん顔をしているとも考えられる。

「そういえば、はなぶさ系列の組にドラッグの販売ルートを分けるという話はどうなりました？　餌《えさ》に食いつきましたか？」

黒木が水を向ける。

先日、黒木からの事前情報で結城《ゆうき》組はガサ入れを無難にやり過ごせた。その日はまさに海外組織とドラッグの取引をする算段になっていたが、そのおかげで急遽《きゅうきょ》取りやめ、事なきを得たのだ。

その際、三島はいたく喜び、黒木を褒めた。

その際味わった誇らしさを思い出して、黒木はいままた持ち出したのだろう。あわよくばここでまた褒められて、伊塚と差をつけたいという思惑もあったかもしれない。

「章太」

三島がグラスをテーブルに置いた。

「おまえのことは好きだが、おしゃべりなのが玉に瑕《きず》だ」

「え、あ……すみません」

黒木が頭を掻く。忠告よりも「好き」という言葉のほうが重要だったのか、その顔に落胆はなかった。

「つい、なにか手伝えないかと思って」

なおもそう続けた黒木に、三島の口許がわずかに歪《ゆが》む。

だが、その口から叱責が飛ぶことはなかった。三島の上着のポケットが低く唸《うな》りを上げ、そちらに意識が向いたのだ。

携帯を取り出した三島は、相手を確認すると人差し指を立て、ふたりに声を出さないよう釘《くぎ》を刺してからそれを耳に押し当てた。

「これはこれは。俺の存在はもう忘れられているのかと思ってました」

電話の相手は――三代目だ。三島の言ったとおり、三代目が三島に連絡をするのは、四代目の座に就いた直後の祝辞以来のことだった。

『なにを言っているのか。いまや敵なしの四代目をどうして忘れられる？　どこの組織も縮小の一途を辿っているご時世で、うちの会がこの程度ですんでいるのはおまえが気を吐いていているおかげと聞いていているぞ』

先代からの最大限の賛辞だと言える。が、存在を忘れていたのは三島のほうだった。先代など、三島にとってはなんの価値もなかった。

「あ？　おまえ？」

すでに取り繕う気が失《う》せたのか、がらりと口調を変える。

「口の利き方に気をつけてほしいもんだな。いつまで親分風を吹かすつもりだ？　あんたは隠居したんだ。いまはただの爺《じい》さんだっていうのを忘れるなよ」

三代目に敬意を払うどころか、木で鼻をくくったような物言いで貶める。

並の男であれば憤慨してもおかしくないが、三代目はそうしなかった。

『そうだな。ただの爺《じじい》だ。すまなかった』

丁重に謝罪し、四代目の顔を立てた。

「わかってくれたならいい。で？　なんの用ですかね。まさか世間話をしたくて電話をかけてきたわけじゃないよなあ」

それにひとまず満足したのか、機嫌を直した三島が用件を問う。

三代目は前置きせず、その名前を出した。

『久遠のことだ。降格ではなく、役員から除名したと聞いた』

「それがなにか？　除名されるだけの不始末を犯したんだから当然でしょう。久遠ひとり特別扱いはできない」

しれっとした返答をしたが、三島にしても三代目の意図を察しているにちがいなかった。

『わかっておる。だが、あまり過激な鉈《なた》を振るうと、昔に逆戻りする。四代目も、不動会と清和会の争い、その後の揉《も》め事《ごと》を知っているだろう』

三代目の時代、不動清和会は一枚岩と称されていたが、初代、二代目と争い事は尽きなかった。特にまだふたつの会が分かれていた頃は、凄惨《せいさん》な報復合戦があちこちで起こり、命を落とした者もずいぶんいる。

「やっぱり久遠、か。もともと三代目は久遠贔屓《びいき》だからなあ。ああ、それとも可愛《かわい》い甥《おい》っ子にでも泣きつかれました？」

『そうじゃない。私の一存だ。処分が偏ってしまうと、内部に軋轢《あつれき》が――』

「ったく」

三島の態度は長くはもたなかった。三代目の言葉をさえぎると、

「隠居ジジイがよお」

いっそう口調が荒くなる。口許には冷笑さえ浮かんでいた。

「現役気取りか？　老いぼれはおとなしく茶でもすすってろよ。あんたの時代はとっくに終わってるってのに、いつまで過去の栄光にしがみついてるつもりなんだ。もしまだ横やりを入れてくるつもりなら、俺はジジイだろうと容赦しないが？」

それでもいいのか、と脅しをかける。三代目の返答を聞くつもりはないようで、すぐに通話を切り、携帯をポケットに戻した。

三島にとっては、先代であろうと邪魔者でしかない。久遠を警戒するあまり余裕をなくしているとも言える。

当人にその自覚があるかどうかは別として。

「悪いな。うるせえ外野がくだらねえ電話をしてきやがった」

三島がそう言うと、黒木が目を輝かせた。

「いまの、田丸宗一《たまるそういち》ですよね。三代目の。さすが兄貴」

不愉快な電話に苛立っていた三島だが、さすが兄貴という一言は気に入ったらしい。満更でもなさそうにひとつ頷くと、今後の話をし始めた。

「おそらく久遠は総動員で戦争をしかけてくる。あいつのことだから、表立ってじゃなく、ネズミみたいに陰でこそこそとな。長引かせるつもりはないが、とことんまで潰《つぶ》すには金がいる」

「金、ですか？」

「おまえにそっちは期待してない。公僕だもんな」

頬を引《ひ》き攣《っ》らせた黒木には言葉どおり見向きもせず、三島はその目を伊塚へと向けた。

「柊、おまえは多少用立てられるだろ？　理由つけて、組の金を引っ張れよ」

「それは」

伊塚が表情を曇らせる。

「難しいです。木島組の資金は組長と若頭、担当者しか把握してません。金庫がどこにあるかも俺は知らないです」

「海外の口座は？」

「わかりません」

「役に立たねえなあ」

失望したと言いたげに、三島が頭へ手をやる。だが、木島の資金にこだわっても時間の無駄であるのは承知しているようだ。

「まあ、いいか。弟を困らせるのもな。どっちにしても、近々仕切り直しで大きな取引をやるつもりだ」

これには黙っていられなかったのだろう。

「その取引、俺にも手伝わせてください！　もうこれ以上、糞《くそ》みたいな上司の顔色を窺《うかが》うのはうんざりです。一日だって耐えられない」

黒木が前のめりで訴える。

「俺は、組の金庫の在り処《あか》をなんとか探ってみます」

伊塚もあとに続いた。

ふたりの態度は三島を満足させたのだろう。

「いい弟を持って、俺は幸せモンだ」

にっと厚い唇を左右に引いた。

「あまり事務所を空けると、どこにいたのか聞かれます。それでなくとも、疑われ始めている状況なので」

その言葉をきっかけに、伊塚が暇《いとま》を申し出る。

それは刑事である黒木も同じで、名残惜しそうにソファから腰を上げた。

「ああ、これからもよろしく頼む」

三島がグラスを傾けながら弟たちを見送るなか、ふたりは一礼してから部屋をあとにし、兄弟の短い談合は終わった。

伊塚と黒木は、結城組の組員に見送られて外へ出る。

各々タクシーを呼ぶ傍ら、日本版ビバリーヒルズのゲートになる予定だった場所を目指して歩く。三島が抜ければふたりの関係は冷えたもので、黒木に至っては並んで歩くことすら不快に感じているような有り様だった。

「大丈夫なんですか。高山《たかやま》さん、でしたか。相棒としょっちゅう離れて動いたら、面倒なことになりませんか」

そのため、伊塚の問いかけにも黒木は素っ気ない。

「べつに。どうせすぐやめるし」

ふん、と鼻を鳴らす。つくづく伊塚の存在が気に入らないらしい。兄弟だなんだと言ったところで、三島がいなければこんなものだ。

「俺は、あんたを信用してないんで話しかけないでくれ。兄弟だと思ってない」

兄貴の希望だから渋々だった。そう言いたいのだろう。

「取引を手伝いたいって、本気ですか」

素人が下手に首を突っ込まないほうがいいと、伊塚なりの助言のつもりなのかもしれない。

しかし、伊塚の心配を黒木は臆病者《おくびょうもの》の戯言《たわごと》と一蹴する。

「俺は兄貴のためなら命もかけられる」

「兄貴、ですか」

伊塚が黒木に横目を流す。

「なんだよ」

「——黒木さん、あなたはちがいますよね。あなたは父親の連れ子だから、血の繋《つな》がりがあるのは妹さんのほうで」

「……黙れっ」

どうやらこれは黒木の逆鱗《げきりん》に触れたようだ。黒木は表情を一変させたかと思うと、伊塚に飛び掛かり、胸倉を摑《つか》んだ。

「そ……そんな小さなこと……血が繋がっているからなんだっていうんだ。おまえ、勝ったつもりかっ」

顔を大きく歪めて詰《なじ》る黒木に反して、それに伊塚が乗ることはない。あくまで落ち着いているが、なおも直截《ちょくせつ》な質問をぶつける。

「勝つとか、そんなんじゃなくて単純に不思議なんです。刑事のあなたがどうして赤の他人のためにそこまでするのか」

「だから……赤の他人じゃない！」

黒木はいっそうむきになり、嚙みつかんばかりの勢いで否定する。

「義母《かあ》さんは、いつも愛人だった頃の話をしていた。あの頃が一番幸せだった、戻れるなら戻りたいって子どもの頃からいつも」

「………」

伊塚が眉《まゆ》をひそめる。

「それって、ある意味虐待じゃ」

「は？」

胸倉を絞める黒木の両手に力が入る。

喉《のど》が圧迫されたのか、伊塚が小さく唸った。

「てめえ、なにも知らないくせに変なこと言うな」

「ちょ……」

降参とばかりに両手を上げる。が、黒木の怒りはおさまらない。アイデンティティを傷つけられたとでも思ったのか、その場で柔道の技をかけて伊塚を道路に転がした。

尻《しり》もちをついた伊塚はしばらく動けず、その間に黒木は去っていく。ひとりになってから、

「触れちゃいけないところに触れたか」

黒木を煽《あお》りたくて問うたわけではないのだろう、気まずい表情になり、頭を搔いた。そこに黒木への悪感情はない。

「痛っ」

尻を擦《さす》りながら立ち上がると、伊塚はふたたび歩きだす。思いのほか表情が硬いのは黒木の話を聞いたせいか、それとも尻が痛むのか。

ようやく到着したタクシーに乗ると、

「駅までお願いします」

行き先を告げたあとは終始無言で、擦《す》り剝《む》いた手のひらに視線を落としていた。とても裏社会のボスと会っていたなどとは思えない、一般人さながらの様相で。


ちょうど外から戻ってきた有坂に声をかけられ、上総《かずさ》はエレベーターを見送る。

「お疲れさん。親御さんを送っていったんだって？」

みなの前では若頭と補佐という立場でいるが、ふたりきりのときは同じ釜《かま》の飯を食った同胞だ。

有坂は、肩書を嫌い、生涯組の特攻隊長でありたいという理由から一度は補佐の座を辞退した頃と少しも変わらない。久遠のたっての希望でなければ、肩書なんざ邪魔なだけだと言い張っていただろう。

図らずも今度のことで顕著になった。

普段はけっして切れやすい性格ではないが、いざとなれば自ら矢面《やおもて》に立つ。昔からそういう男だ。

「ええ」

上総は腕時計に目を落とした。

「ちょうど新幹線に乗った頃だと」

寝不足なのか、有坂が忙《せわ》しなく瞬きをする。目頭を指で押さえると、うるさそうにネクタイに指をかけて、引っ張った。

「そうか」

葬儀からまだ三日だ。

眠れないのは当然だし、みな疲弊しきっている。真柴が襲われ、組長が役員を除名されたあげく水元が悲惨な形で死を迎え、組内は怒りと悲しみに満ち、最悪の状態と言って間違いなかった。

そんななかにあって、ぎりぎりのところでなんとか踏《ふ》み止《とど》まっているのは、親父ならきっとなんとかしてくれるはずとみなが信じているからだ。

木島組をいまの組織にまで押し上げた親父であれば、きっとこれまで同様いかなる困難も撥《は》ねのけてくれると。

そこには久遠のもと一丸となり、ともに乗り切ってきたという自負もあるはずだ。現に窮地であればあるほど、組員たちの結束は強固になる。

裏を返せば、久遠が負けを認め、屈したときこそ木島組は終わると言ってもいい。

無論、その日は来ない。久遠を勝たせ続けるために自分がいる、それこそが上総の矜持だ。

補佐である有坂にしても同じだろう。

現在、有坂は今度の件で人手が足りなくなった穴を埋めるため、組の通常業務を一手に引き受けている。ほとんど自宅に戻っていないうえに、今回の水元のことがあった。気の休まる間がないのは当然だ。

「上で仮眠をとったらどうですか？　いまあなたに倒れられたら困ります」

そう声をかけたところ、有坂がぽんと肩を叩いてくる。

「頭《かしら》こそ、ずっと休んでないいんじゃないか」

お互い様だと言いたいようだ。確かに、休む気にならないのは事実だった。

水元の死に顔が脳裏にこびりついて離れない。みなは実行犯に報復することを第一に考えているが――無論それについて異論はないが――なにより自分はその男に問いたかった。

なぜ水元だったのか。水元をと指示されたのか。それともたまたまだったのか。なぜあれほど執拗《しつよう》だったのか。銃かナイフを使わず撲殺という方法をとった理由はなんだったのか。

水元に対して個人的な恨みはなかったはずだ。だとすれば、単に趣味、愉《たの》しみからとも考えられる。

どうしてもそれが知りたかった。

水元への手向けとするにはいささか感情に走りすぎているとは承知しているが。

「まあ、しょうがないよな」

有坂が肩から手を離した。

「こんな状況じゃあ」

事務所のドアへちらりと視線を向けた有坂に、それ以上返す言葉が見つからない。言いたいことはわかっていた。

普段は活気が外まで伝わってくるほどだというのに、水元のことがあってから静まり返っているのだ。

水元を手にかけた者が誰であるか、まだ判明していないというのもあるだろう。本来なら総動員で当たりたいところだが、表立って動くのは得策ではない。人数を絞っていることも、組の雰囲気に影響しているのは明らかだ。

「それで、なにかわかったのか？」

この問いに、上総は首を横に振るしかなかった。

「情報はいくつか入っても、どれも空振りですね」

おそらく実行犯は半グレ、とそこまでは予測できたが、だからこそ特定するのが難しい。直接指示した者に関してはさほど問題ではなかった。

「半グレなら、自慢して回りそうなもんだが」

「まだ生きていれば」

ゆえに自分の疑問は晴れずじまいになる確率が高い。そうならないために、生きていてくれと願うばかりだ。

「あー……まあ、その可能性は高いか」

軽い機械音とともにエレベーターの扉が開いた。こんなところでなにをやっているんだと言いたげな目つきで見てきた久遠に、有坂が先に口を開く。

「犯人捜し、なにか進展ありましたか？」

久遠は一度首を横に振った。

「そっちは不自然なほどまったく」

不自然と言ったからには、久遠にしても実行犯が処分された可能性が高いとみているのだろう。

「そっちはってことは？」

「ドラッグの売人を捕らえた」

結城組の？　と確認する必要はなかった。久遠自ら動いたのがその証拠だ。捕らえた売人は確実に結城組と繋がりがあるとみて間違いない。

が。

「自ら尋問されるつもりですか？」

まさか、というニュアンスで問う。

「ああ」

当然だとばかりに久遠が答えた。

先日と同じだ。瀬名を追いつめた際も、久遠自ら近田組《こんだ》に乗り込んだ。結果的にうまくいったとはいえ、銃の前に身をさらした久遠を目の当たりにしたときの恐怖心をはっきりと憶《おぼ》えている。

少しの躊躇《ちゅうちょ》もない久遠の姿に、背筋が凍った。

いままたあの光景が脳裏をよぎり、上総は寒気を覚える。

「私が行きます」

尋問に組長がわざわざ出向く必要はないでしょう、と続けたが、思案のそぶりすら久遠は見せなかった。

「四人――いや、後方支援する者を含めて三人揃えておいてくれ」

返答すらせず、その一言で背中を向けて出ていく。止めても無駄とわかっていたとはいえ、背中を見送るしかなかった上総は顔をしかめた。

久遠の記憶はまだ完全には戻っていない。もはやその話すらしなくなった。

「また無茶なことを」

記憶障害の弊害、と一概に片づけられないから厄介だ。実際、瀬名の件でも功を奏したし、久遠が動くことのメリットは上総自身認めている。

それでも、だ。

わずかでも危険の伴う場に向かうべきではない。木島組は、久遠ありきだ。

三島はインテリと言って嫌うが、そんな一言では言い表せないほどあまりに特異だ。判断力、求心力、存在感。それらすべてを兼ね備えた男が他にいるだろうか。訓練でどうにかなるものではない。

なにか事が起こるたびに瞠目《どうもく》してきた。

三島が毛嫌いするのも致し方ない。仮に自分が三島の立場だったとしても、味方に引き入れることに失敗した時点でなんとか排除しようとするはずだ。

でなければ、いつ呑《の》み込まれるかと怯《おび》える日々を過ごすはめになる。そういう意味では、三島は不運だったと言えるだろう。

だからこそ久遠には自制してほしいのだが――。

「無理だな」

くっ、と有坂が喉で笑った。

「あいつ、うちに来たときからあんな感じだったろ。嫌みなくらい冷めてるかと思えば、身体《からだ》が先に動いたりよ。上になってから制御してたけど、根っこの性分は変えられないってこった」

有坂の言葉にどきりとする。

久遠の記憶障害を知るのは、自分を含めて本人と沢木《さわき》の三人のみだ。不都合な事実は可能な限り隠し通したほうがいいに決まっている。

しかし、長年ともに戦ってきた有坂はさすがに鋭い。

記憶障害を疑っているわけではなくても、久遠の変化を察しているようだ。

「最近、よく昔を思い出す。おまえらはまだ下っ端で、親父さんが元気で、可愛がってくれたぶんよく小言も食らったよな」

懐かしげに目を細める表情を前にして、上総も過去に思いを馳《は》せる。

「まだいまみたいにデカくなかったけど、うちの組が一番だって思ってたよな。木島組でございって、肩で風切って歩いてよ」

「そうですね」

肩で風を切って歩いた記憶はなかったが、一番だと思っていたのはそのとおりだった。特に合併吸収によって外から入った自分のような人間に対しても分け隔てなく接してくれた木島の度量の大きさには驚かされた。

だからこそ、なんとか木島を幹部にとみなが一丸となって奔走した。

「実際上向きだったし、ずっと続くもんだって、なんでか信じていたんだよな」

有坂の言うとおりだ。突然木島が病に倒れるなど、誰も想定していなかった。その後もなんとか生きているうちにと必死だったが、結局、間に合わなかった。

「親父さんが安らかだったのがせめてもの救いです」

家族で看取《みと》ることができたという意味でそう言う。

ああ、と有坂が頷いた。

「まだ苦労かけるのかって、いま頃、あの世で嘆いてるかもな」

その場面を想像するのが容易なだけに苦笑いするしかない。

苦労、か。

そういえば、と上総はある夜のことを脳裏によみがえらせた。その夜、有坂と自分のふたりきりになった。夜中に残って雑事をこなしていたとき、有坂が事務所に戻ってきたのだ。

——なにやってるんだよ。

怪訝な顔でパソコンを覗き込まれ、

——事務所の清掃の当番表です。

確かそう答えた。掃除は自分を含めて下っ端の仕事だったが、そのなかでも押しつけ合いが起こり、不公平感があるとかで不満が上がっていた。

——そんなの作ったって、どうせ守る奴なんかいないだろ。

——ええ、ですからこれは上役用です。今日は誰の当番か、上役の目に触れれば簡単には反故《ほご》にできないと思うので。

――なるほどな。

顎《あご》をひと撫でした有坂は、面倒くせえと笑い飛ばした。

――おまえ、ほんっと重症だよな。真面目《まじめ》っていうか、几帳面《きちょうめん》っていうか。たまには遊びに連れてってやれって親父が言ってくるわけだ。

親父がそんな話を持ちかけていたとは知らず、苦い気持ちになる。自分の融通のきかなさについては自覚があるだけに耳が痛い。

――そうですか。では、近々連れていってください。

――そんな顔しなくても、連れてってやるよ。けど、義務になった時点でもう遊びじゃねえって。

なおも肩を揺らして笑った有坂が、ふと、久遠の名前を持ち出した。

――その当番表だけどよ。久遠は、多少免除してやったらどうだ？　あいつ、資金集めでかなり時間とられてるだろ？

上総は、作りかけの表を見せた。

――久遠の当番日はすべて俺に割り当てているので大丈夫です。

有坂に言われるまでもない。掃除等の雑事に費やす時間があるなら、久遠には本来の仕事に集中させたかった。

久遠は初めから成果を挙げ、確実に組の台所を潤していた。であるなら、自分の仕事はそれを支えることにある。

——あー……俺が口出しするまでもなかったか。ていうか、上総。おまえ、きっとこの先ずっと苦労するだろうなあ。

かかと笑いながらの指摘に、縁起でもないと返した。

が結局、有坂の言ったとおりになった。しかもそれが性に合っていたのだから、自分でも呆れてしまう。

「有坂さんは、いい歳《とし》をしてやんちゃすぎるってよく言われてましたね」

「そういうおまえは、頭が固すぎるってな」

「確かに、性分というのは変えられないみたいです」

あの頃はよかったと懐かしむのは簡単だ。

それが無意味だと、自分のみならず有坂にしても承知しているのだろう。

「は～、なに浸ってんのかね。歳はとりたくねえなあ」

頭をがしがしと掻き、思い出話を打ち切る。

「ああ、うちのボスを『あいつ』って言ったの、ナシな」

最後にそう言って有坂が事務所へ消えると、上総は頰を引き締めた。

木島との思い出に浸るのも、水元を弔うのもまだ早い。まずはやるべきことをやってからだ。

いまは、久遠や組員が万全の状態で動けるよう備えるのが先決だった。

このままでは終わらせない。でなければ、どの面《つら》を下げてふたりの墓参《ぼさん》ができるというのだ。

必ずいい報告をすると心中で誓った上総は、感傷を脇《わき》に押しやり、自身の仕事に戻るためにエレベーターのボタンを押した。

4

一日一日は永遠にも感じるほど長いのに、一週間はあっという間に過ぎていく。

三人の共同生活はじつに平穏、いっそ戸惑いを覚えるまでに何事もなかった。もっともそれは、ディディエが緩衝材となってくれているおかげだろう。

アルコールが入っても入らなくても長広舌を振るう榊《さかき》の常軌を逸した話にすら耳を傾け、「面白い」の一言で笑い話にしてしまうのだ。

「本人のつもりで、ずっとマネキンを？　本当に？」

初めて聞かされた事実の気持ちの悪さに、和孝《かずたか》自身は食べたばかりのシーフードドリアが逆流してきそうだと顔をしかめた。

「ええ。それはそれは大事にしてたんです。でも、和孝くん本人と直接会ってしまったら――駄目ですよね。あまりに本人が素敵すぎて、その瞬間からもうゴミにしか見えなくなりました。もちろん即座に解体して捨てましたよ」

悍《おぞ》ましい打ち明け話に、危うく悲鳴を上げるところだった。やはり榊は油断ならないし、どうかしている。

「Oh! すごいな。ヨージロ」

ディディエが目を丸くする。

「ありがとう」

なぜか褒められたと勘違いした榊が、照れくさそうに鼻の頭を掻《か》いた。食後のコーヒーにつき合っていたが、これ以上は我慢できそうにない。

個室へ戻りたくて席を立とうとしたそのとき、ディディエが予想だにしなかった一言を発した。

「ヨージロは、カズタカに恋をしてるんだね」

「………」

耳を疑うとは、このことだ。

反射的に榊を見てしまい、視線が合う。すると榊は頰《ほお》を赤らめ、まるで乙女のごとき恥じらいの様子で目を伏せた。

「僕はただ和孝くんを守りたいだけ。僕を変えてくれた恩人だし、知れば知るほどきみ以上のひとはどこにもいないと確信してる。恋とか肉欲とかは二の次だから、それは信じてほしい。もちろん相思相愛になれれば、こんな嬉《うれ》しいことはないんだけどね」

口を閉じてろ、と喉《のど》まで出かけた台詞《せりふ》をすんでのところで呑《の》み込《こ》む。ディディエに配慮したからで、榊ひとりだったなら間違いなくそれ以上の雑言をぶつけただろう。

榊には助けられたとはいえ、過去に拉致《らち》されたことを考えれば相殺、いや、足りないくらいだ。たったいま聞かされた不快な話を含めれば、榊へ情けをかけるつもりは一ミリもなかった。

「ヨージロにチャンスはある?」

それを知ってか知らずか、ディディエが答えるのも厭《いや》になる問いかけをしてくる。ここで遠慮すれば榊を助長させかねないため、迷わず首を左右に振った。

「申し訳ないですが、これっぽっちも」

だが、まだ不足だったようだ。

明言したにもかかわらず、すかさず榊が割り込んでくる。

「だからね、僕は多くを望んでいるわけじゃないんだ。さっきも言ったように、一番はきみを守りたい。あらゆることから」

「………………」

これが冗談か嘘《うそ》だったらどんなに気が楽か。榊が本気で言っているのがわかるだけに頭が痛い。

「なんだか不思議だよね」

しみじみとそう言ったのは、ディディエだ。

「優しい相手、守ってくれる相手を好きになってもいいはずなのに、ひとの感情というのはそう単純じゃない。どれほど自制しようにも、自分にとって不利益をもたらす相手を愛することも大いにある。困ったものだ」

耳の痛い言葉だった。和孝自身が幾度となく直面し、考え、悩んで、最後にはあきらめてきたことだ。

なにがあろうと自分は久遠《くどう》の傍《そば》に居続け、振り回される人生を送るのだろう、と。

「本当に、困ったものですね」

自嘲《じちょう》ぎみにそう返す。

だが、それも一瞬だ。

「わかるよ」

榊が胸に手をやり、噛《か》み締《し》めるかのように目を閉じる。てっきりこじつけのおかしな持論でも持ちだすのだろうとばかり思ったが、次に目を開けたときには、不似合いな苦笑を浮かべていた。

「本当にそのとおりだ。僕も陰ながら支えるつもりだったのに、どうしても自分の存在を知ってほしくて、自制できなかった」

自制しようという気持ちがあったことが驚きだ。同時に、やはり榊とは相容《あいい》れないと再確認する。

「でも、こうなってみるとよかったと思ってる。傍にいるからこそ、もしものときでもこの命に代えて守ることができるからね」

なにを想像してか、ぶるりと震える様を前にして反射的に顔を背ける。

望んでない、と言ったところで無駄だろう。

無言でやり過ごそうとしたとき、思わぬところから助け船が差し出された。

「ヨージロは、カズタカを子どもだと思ってる？」

ディディエの唐突な問いに、怪訝《けげん》な表情をした榊はすぐに反論する。

「おかしなことを聞きますね。彼は立派な成人男性です」

ディディエは笑顔で頷《うなず》いた。

「そう？　安心したよ。守りたいって、ヨージロが何度も同じことを言うのは、カズタカを大人として認めていないのかなって思ったから」

「なにを言って……そんなつもりじゃない。ただ、僕の本心だから」

「秘すれば花、だった？　日本には美しい言葉があるのに」

「…………」

驚いたことに、不満そうではあるものの榊が唇を引き結ぶ。この町に来てから傍若無人ぶりがなりをひそめているように思えたのはどうやら勘違いではなかったようだ。

安穏とした生活のせいか、それともディディエのおかげか。どちらにしても自分にとっては歓迎すべきことだ。

これでおとなしくなってくれればいいけど――そう思う一方で、ディディエが口にした言葉を脳内でくり返した。

まさに久遠は不利益をもたらす相手だ。

久遠と再会して以来、災難続きで、いいかげんうんざりすることも多かった。これまでどれだけ振り回されてきたか。

厭なら離れればいいのに、と自分でも思う。でも、できない。

いまもそうだ。久遠に言われるがまま仕事を放り出し、家族や友人と離れ、もう三週間以上見知らぬ町にいる。しかも、いつ日本に戻れるのか見当もつかない。

こうなっているのはすべて久遠のせいだ。

「俺、なにをやってるんだろう」

榊のことを嗤《わら》えない。自分のほうこそ自制にはほど遠い。他のすべてと天秤《てんびん》にかけても、どうしたって久遠を選んでしまうのだから。

もし多少なりとも自制できていたなら、反社会的組織と世間からそしられるような相手に執着し、無理を押してまで傍にいようなんて思わないはずだ。

「なにをやっているか、そんなの明白だ。きみはアキのためにここにいる。羨《うらや》ましいと思うよ。僕ならリセットして、新たなスタートを切ろうとするかもしれない。別の運命を求めて」

ディディエがそう言ったので、なおさら思い知らされる。

自分のためにも周囲の人たちのためにも、そのほうがきっといいのだと。

「そうですね」

厭というほどわかっているからこそよけいに始末が悪い。

「俺も、リセットできるならすぐにでもしたいです。でも、別の運命がいらない場合はどうすればいいんでしょうね」

なにを言っているのかと呆《あき》れる。こんな言い方をすれば、居場所を提供してくれたディディエを困らせるだけだ。

榊ですら渋い顔をするくらいなので、よほど自分は変なことを口走っているのだろう。笑い飛ばそうとした和孝だったが、その前にディディエが声を上げた。

「それは大変だ」

やわらかな笑みを浮かべて。

「もう決めているのなら、カズタカ、なにがなんでも帰国しないとだね」

「――――」

急激に息苦しさを感じ始めて、和孝は今度こそ席を立った。

「ちょっと散歩してきます」

水の中にいるかのような感覚に陥り、外の空気を吸うために別荘を出る。

頭を冷やす目的もあった。

午後九時過ぎ。

すでに陽《ひ》は落ち、あたりはすっかり夜の様相だ。

東京は夜中でも煌《きら》びやかだが、ここの夜空に浮かぶ月は街灯や家の灯《あか》りに邪魔されることなく、その輝きを存分に地上へ届けている。小さな港町は早くも静かな眠りについたところだった。

空を見上げ、大きく深呼吸をする。

夜の空気で肺を満たしてようやく落ち着くが、ずっと違和感は続いていた。

「カズタカ」

背後からの声にはっとし、振り返る。

潮風に淡い色の髪を揺らして、ディディエが歩み寄ってきた。

「夜は冷えるから」

差し出されたパーカを前に、和孝は自身の肩を抱く。薄手のシャツの下の肌がざっと粟《あわ》立《だ》つのを感じて、寒さに気づいた。

「すみません。ありがとうございます」

パーカを受け取り、すぐに羽織った。日中と夜の寒暖差の激しい町では、一日の気温が二十度以上ちがうこともままあった。

「僕もつき合ってもいい？」

ディディエの申し出を断る理由はない。快諾し、意図せずふたりで夜の散歩に興じる。湿り気を帯びた潮風が、今夜は心地よかった。

「榊さんは?」

よくついてこなかったという意味で問うと、ディディエがひょいと肩をすくめた。

「お皿を洗ってるよ。反省中、なのかな」

簡単にディディエは言うが、「反省」など榊からもっとも遠い言葉だ。通常であればすぐに追ってきて、「どうして誘ってくれなかったんだ」「ふたりでずるいじゃないか」とだらだらと不平不満を聞かされるはめになるだろう。

「少し、疲れてる?」

ディディエの問いに、一度は否定しようとした和孝だったが、あきらめて認める。どうごまかそうと、きっとディディエには通用しない。

「そうですね。こんなにのんびり過ごすことなんてなかったから、少し戸惑っているのかもしれません。貧乏性なんです。こうやって夜の散歩をする間も、頭のどこかで俺だけこんなことをしてていいのかって思ってしまって」

開き直って愉《たの》しむつもりだったし、実際、市場に行ったときなどものめずらしさもあって買い物に没頭できているが、むしょうに焦りを覚える瞬間がある。

いまもそうだ。

異国で夜の散歩なんて贅沢《ぜいたく》な時間を過ごしているはずなのに、一度焦燥感に駆られると払拭《ふっしょく》するのが難しく、じわじわと全身に広がっていくのを止められなくなる。

「おや、こんな時刻にめずらしい」

ふいにディディエが前方を示した。そちらへ目を向けてみると、そこにいたのは二頭のラクダだった。

月明かりのもと、ラクダは先を急ぐこともなく、のんびり砂浜を歩いている。ラクダも夜の散歩をお愉しみ中らしい。

「野生ですか？」

月光にきらきらと輝く波打ち際で二頭が戯《たわむ》れているようにも見え、和孝はその様子にしばし見入った。

「いや、野生のラクダはいないと思う」

「じゃあ、迷子ですかね」

「二頭で駆け落ちかな」

ディディエのジョークに、

「手に手を取って？」

和孝も合わせる。

「この場合は前足と前足だけどね」

「ほんとだ」

これには思わず吹き出した。普通に笑えるうちはまだ大丈夫だ、と自分に言い聞かせながら。

仮にそうなら、逃《に》げ果《おお》せるといいなんて、ばかみたいなことまで考える。

「美しいな」

ディディエの言葉に頷く。

月の砂漠ではないし、王子様もお姫様も乗っていないが、月の浜辺も十分にロマンティックな風景だ。

正円に近い、白い月。

クレーターまで目視できそうなほどくっきりとした月。

「ええ」

どこにいても月は綺麗《きれい》だ。

自然に恵まれた港町の月も、ビルの合間から覗《のぞ》いている月も同じ。何百、何千という日々夜空を見上げてきた自分にとって、今日の月も忘れられないものになるだろう。

案外あのラクダも月を眺めたくて逃げ出したのではないかと、普段であれば失笑するにちがいない想像も、幻想的な光景を前にすれば信じられそうだった。

「いまのは、月ときみが美しいっていう意味。僕がカメラマンだったら、確実に撮っておいたのに」

「………」

ストレートな褒め言葉には気恥ずかしくなると同時に、感心する。真顔でこんな台詞、口にしたことも聞いたこともない。

久遠から一生聞けないのは確かだ。

いや、聞かされても困る。言葉の裏を読もうとして、なにかあったのかと疑心暗鬼になるのがせいぜいだ。

「ありがとうございます——って、なんだか照れくさいです」

「照れくさいって顔じゃない」

ディディエは聡《さと》い。あからさまに見てくるわけではないのに、こちらの気持ちを察してしまう。

「それは——あまり、慣れてないので」

深い意味があったわけではなかった。が、ディディエは両手でこめかみを押さえると、真顔でため息をこぼした。

「駄目だよ。カズタカ。伝えるべきことは伝えないと」

「わかってるんですけど、向こうがなにも言ってくれないから、俺はなにが正解なのか考えるばかりになってしまって」

多少会話が増え、以前よりもずいぶん改善されたとはいえ、久遠を理解できているとは言いがたい。そもそも理解させようという努力が久遠には足りていないのだと思っている。

久遠にしてみれば、相手を尊重するがゆえだとしても、たまにじれったくなるのも本当だった。

「カズタカも心配性なんだね」

「カズタカも」という言い方に引っかかり、隣を歩くディディエに目を向ける。いまのは明らかに久遠を前提とした話だ。

「『も』って」

「ああ」

どうやら当たったらしく、ディディエの口から「アキ」と久遠の名前が出た。

「アキも心配性だ。誰も傷つけないように細心の予防線を張るだろ?」

そのとおりだ。普通なら見過ごすようなことにも久遠は目を留め、なんでもない他者の一言まで記憶する。それはきっとディディエの言ったとおり心配性だからで、予防線なのだろう。

「なまじクレバーだから、ときどき傍にいるこっちのほうが苦しくなるくらいだった。でも、ご両親の事故の真相を突き止めるには、そうならざるを得なかったんだね」

どうやら久遠は、ディディエに両親の話を打ち明けたようだ。検視をした冴島《さえじま》以外でそれを知っているのはほんのわずかな人間であるにもかかわらず。

「事故のこと、ご存じなんですね」

「詳しいことはなにも話してくれなかった。高校生のときに事故で亡くなったことになっている、とだけ」

当時から久遠は久遠だったようだ。そのことに、自然と頬が緩む。

「久遠さんって、きっと失うのが怖いんですね」

長としての立場がそうさせるのだと思ってきた。常に先を読み、策を練り、最善のタイミングで実行に移すのは有利に進めるためだと。

現に木島《きじま》組は負け知らずと言われてきた。

だが、それだけではないのかもしれない。もうこれ以上失わないようにと、久遠はそのために尽力しているとも考えられる。

久遠自身がそれを意識していても、していなくても。

「うん。だからたぶんいまこの瞬間も、ファミリーのため、きみのためにアキは走り回ってる」

でも、とディディエが続ける。

「アキを救うために、誰が走り回っているんだろうね」

「…………」

ぎゅっと心臓を摑《つか》まれたような痛みが走る。

久遠のために奔走する人間は多い。現に沢木《さわき》がそうだ。久遠のためとあれば命をも投げ出すだろう。

けれど、それで救われるのは組であり、組員だ。

「ずっと僕は思っていた」

すぐには返事ができなかった。いや、答えられるわけがなかった。

誰が久遠を救うのか。少なくとも離れた異国にいる自分でないのは確かだ。

「きみはアキのためにここにいる」とディディエは言ってくれたけれど、足手纏《あしでまと》いになりたくないというのは、やはり自分自身のための理由だ。

久遠が命じたから。他に選択肢がないから。

けっして久遠のためなんかではない。

「俺は……」

そうだった。俺がそうしたかったんだ。

和孝は自分の気持ちの根幹を再認識する。

久遠を救うのは自分でありたかった。だからなにがあっても、誰に誹《そし》られても傍に居続けた。

久遠が自分を必要としてくれたとき、いつでも手を差し伸べられるように。抱き締められるように。

俺がいるよ、と言ってあげられるように。

「……っ」

それを思い出した途端、美しい夜の風景が消え、真っ暗な水の中に放り込まれる。酸素を求めて上昇しようともがけばもがくほど、身体《からだ》は沈み、深みにはまっていった。

「カズタカ」

それに気づいたのか、ディディエの手が肩にのる。大きく息をつくと、ふたたび目に入ってきた風景に安堵《あんど》した。

「アキが恋しい？」

どういう意図でディディエが問うてきたのかはわからない。意図なんてないのかもしれない。

だが、自分の返答は決まっていた。

「すごく」

これが本音だ。

いまは距離を置くほうが最善とか、久遠の身が心配とか、宮原《みやはら》と冴島にまだ恩返しができていないとか、津守《つもり》、村方《むらかた》、父親や孝弘《たかひろ》に迷惑ばかりかけているとか。ありとあらゆる感情が身体じゅうに渦巻いているが、その根っこにあるのは、たったいま口にした一言に尽きる。

「すごく、恋しいです」

もう一度そう言い、自分の本心を嚙み締める。

ディディエは肩から手を離すと、

「そろそろ戻ろうか。またヨージロが騒ぎ始めないうちに」

茶目っけたっぷりの仕種《しぐさ》で人差し指を左右に振った。

「ですね」

胸を喘《あえ》がせた和孝は、急激に冷えてきた身体を両手で抱きつつディディエとともに帰路につく。

いい町だと思うのに、馴染《なじ》めないいわけだと苦笑いしながら。

港町の暮らしにどれだけ慣れても、どこか絵空事に思える。心もとなくて、現実味が薄い。まるで遠くから眺めているかのような感覚が常につき纏う。

ここに久遠がいない。

それだけのことがこうまで自分を変えてしまうのだ。

当然と言えば、当然だった。憂慮や焦燥——感情のすべてを久遠のもとに置き去りにしてきたのだから。

嫌悪、後悔、恐怖、拒絶、悲哀。

それから、恋心を。

夜空の月を見上げた。やわらかな光を地上に届ける月を純粋に美しいと思える、それがなんだか嬉しかった。

5

都内、某所。

一般家庭だと子どもたちがベッドに入り、親は録《と》りためたテレビドラマを観《み》ながら夫婦の時間を愉《たの》しんでいる頃だろうか。

住宅街から離れた山の中腹にある、昼間でも人けのない荒れ放題の敷地に一台のワンボックスカーが停《と》まっていた。

そこは十五年ほど前まで保養所があったというが、解体後は雑草が伸び放題なうえ、粗大ごみがあちこちに不法投棄され、昼間でも近づく者のいない場所だった。

下界の喧噪《けんそう》は遠く、周囲に街灯もない。頼りの月明かりも分厚い雲に阻まれて、ワンボックスカーの白い車体も完全に闇《やみ》のなかにある。

金属片でも捨てられているのか、時折吹く生ぬるい風にのってからからとなにかが地面を転がる音だけが四方に響いた。

ワンボックスカーから遅れること十数分、もう一台の車がやってくる。こちらの車は黒いセダンだ。先のワンボックスカーと向かい合う格好で停まると、スーツ姿の男がふたり、姿を現した。

ひとりは優男《やさおとこ》で、もうひとりはがっちりとした青年だ。

彼らの到着を待っていたワンボックスカーからもふたりの男が降りてくる。

双子でもあるかのごとく似ているふたりのうち、一方の男は膨らんだボストンバッグを持っていて、もう一方はキャップを被《かぶ》っているが、日本人ではないのか、小声で交わされる会話は他国の言葉だった。

アジア人らしき男たちは顔を見合わせてから歩み寄っていき、ボストンバッグをセダンのボンネットの上へのせた。

どすっと音がしたところをみると、かなりの重さがあるようだ。

「五分の遅刻だ」

不快感をあらわに、男たちが遅れてきた者らを詰《なじ》る。

「すまない。出かける間際、こいつが腹が痛いってトイレに入ったもんだから」

ネクタイを緩めながらそう返したのは、優男のほうだった。どうやら彼らの言語を解するらしく、殊勝な態度で謝罪する。

「ん？」

そこでキャップの男が怪訝《けげん》な顔になる。

「いつもの奴《やつ》は、どうしたんだ？」

どうやら相手の顔がいつもとちがうことに疑問を抱いたらしい。

「あー……じつはいま組がごたついてて、人員不足でいつもの奴が来られなかった。あんたらの耳に日本のやくざの事情が入っているかどうか知らないけど、いまマジでやばいんだよ。ぴりぴりしてて、このままだったら全面戦争にもなりかねない。で、動ける者はみんな駆り出されてる」

口早の言い訳に、男たちがうんざりした表情になる。日本のやくざの事情については彼らの間でも周知の事実のようだが、自分たちに関係のない話を持ち出されても困ると言いたげだ。

話をするために双方、山中まで足を運んできたわけではないはずだ、と。

「ああ。なんだったらいまいつもの担当者に電話しようか？　そのほうがあんたらも安心だろ？」

この申し出を辞退したことでも、早く取引を終わらせて自国に戻りたがっているのは明らかだった。

「そう？　じゃあ、とっととすませようか」

優男に横目で促され、もうひとりが手にしていたアタッシェケースをボストンバッグの傍《そば》に置く。開いて中を見せた瞬間、いつもの相手かどうかなど気にしている場合ではなくなった。

速やかに取引を成立させる、それだけだ。

アタッシェケースの中には札束がぎっしりと詰め込まれている。本来なら息を呑《の》むほどの額だが、取引に慣れた男たちは顔色ひとつ変えない。

札束をひとつ取り上げ、匂《にお》いを嗅《か》いでから満足そうな表情でそれをもとの場所へと戻すとその手でボストンバッグのファスナーを開け、個包装されたドラッグをひとつ取り出して取引相手に手渡した。

互いに持参したものを確認し終えたあとは、荷物を交換する。普段ならばそれぞれの車に戻って帰るだけ――のはずだった。

「悪いな」

しかし、そうはならなかった。スーツ姿のふたりが態度を一変させ、胸元に隠し持っていた銃を突きつけたのだ。

本来であれば武器の有無を真っ先に確認すべきだが、何度も取り引きしてきたという惰性が油断となったのだろう。

応戦しようにもすでに手遅れだった。

相手は母国語でがなり立てるものの、それ以上の反撃はできない。銃の前に抵抗すれば、たちまち弾を撃ち込まれてしまう。

どれほどフレンドリーに見えてもそれは表面上で、裏社会においての人命の軽さは論じるまでもなかった。

「そうそう。おとなしくしといたほうが身のためだ」

その言葉とともに、もうひとりが相手の両手両足を結束バンドで拘束する。驚くほど手際がいい。

いまや四人は、捕食者と捕食される者となった。

強引にふたりを後部座席に放り込み、口をガムテープで塞《ふさ》いでから頭に布袋を被せる。すべての作業を終えると、優男と若者はいい汗を流したとでもいうようにハイタッチをした。

その間、わずか五分足らず。いかに彼らがこの手の事案の手練《てだ》れなのかがわかる。

「一丁上がり。案外無防備だったよな」

助手席におさまった優男が首をぐるりと回した。

「油断大敵って言葉、あっちにはないんっすかね」

頷《うなず》いた若者はエンジンをかけると、車を発進させる。

「惰性で取引なんかやってりゃ、そのうち足をすくわれるってのになあ。いい勉強になったろ」

「ていうか、残してきた車、大丈夫っすか?」

「処分に他の奴が来るってよ」

「じゃあ、俺らは俺らのやるべきことをやるだけっすね」

「そういうことだ」

優男がラジオのスイッチを押す。ラジオからは音楽が流れ始め、車内はまるで友人同士で夜のドライブを愉しんでいるかのような雰囲気になった。

「これ、流行《はや》ったんだよな。タイトル、なんだったっけ」

助手席で、ラジオに合わせて歌い始めたからなおさらだ。

調子はずれの鼻歌に、若者が怪訝な顔で首を傾《かし》げた。

「ていうか、流行ったんすか？　聴いたことないっすね」

「は？　この歌知らねえとかあり得るか？　やばいって」

後部座席で、「うーうー」と呻《うめ》きつつ芋虫さながらに身を捩《よじ》っているふたりのことなど忘れてしまったのか、その後もふたりはのんきとも思える話を続け、目的地に向かって走り続ける。

さらにひとの踏み込まない山中へと。


デスクにのせた両手を組み、微動だにせず目を閉じていた久遠《くどう》は、耳に届いたバイブ音に瞼《まぶた》を持ち上げた。

震えだした携帯を手にすると、相手を確認してから応じた。

「そうか。ご苦労だった」

待ちかねた報告を聞き、労《ねぎら》いの言葉をかけて短い電話を終える。同じタイミングで部屋のドアがノックされ、上総《かずさ》が顔を見せた。

「どうでしたか?」

開口一番の問いに、久遠は軽く頷く。

「首尾よくいったらしい」

まだスタートラインに立ったばかりにすぎないが、うまくいったことで今後が格段に進めやすくなった。

「よかった」

上総も安堵《あんど》したのだろう、目に見えて肩から力が抜ける。久遠にしてもふたりという最少人員に迷いがなかったといえば嘘《うそ》になるが、人数を増やせばそれだけのリスクもあるため、熟考のすえ決行した。

万が一失敗に終わった場合、同じ手が二度と使えないという状況では決行せざるを得なかったと言える。残されていたカードには限りがあった。

結城《ゆうき》組の主なシノギはドラッグの売買と違法カジノ、それを利用したマネーロンダリング。

三代目はドラッグの扱いを固く禁じていたが、三島《みしま》の代になって以降それは破られ、二次団体、三次団体を含めると不動清和会《ふどうせいわかい》系列の多くの組がドラッグを捌《さば》くようになった。脱法ハーブ等の危険ドラッグはもとより大麻に覚せい剤、コカイン。裏社会にとってドラッグの売買は大金を生む錬金術のようなものだ。

なかでも結城組は三代目の時代の頃から噂《うわさ》があったうえ、取り扱う量が他とは格段に異なる。

自身が頂点に立った現在、国内はもとより他国からドラッグを仕入れるルートを確立した三島は、派手に売り捌くようになった。先日の役員会では「外敵に備えるために他組織と手を組む」などともっともらしい口上を述べていたが、実際はその外敵とずぶずぶの関係にある。

もはや隠す必要がなくなったおかげで、ドラッグにしても裏カジノにしても大っぴらに商売ができるようになったというわけだ。

だとすれば、こちらが便乗しない手はない。

取引の場所と日時を摑《つか》むのに日数を要したが、それだけの価値はあった。結城組の担当組員を途中で拉致《らち》監禁し、代わりに木島《きじま》組の人員を現場に送り込んだ。

「そういえば、今回、三島は黒木《くろき》を使ったらしい」

当人のたっての希望か、三島が強要したのか。担当組員に加えて、もうひとり、黒木が同乗していたという。もっとも抵抗したのが黒木だったらしいので、一概に人選ミスとは言えないものの、やはり軽率だった。

手にした勝利に満足できなかったのだとしても、欲に目が眩《くら》むとろくなことがない。いや、三島はそうでなくては困る。

こちらはせいぜい三島の性分を利用させてもらうだけだ。

「あの刑事ですか。これはまた」

上総も呆《あき》れたのだろう、首を横に振る。

「自身の力を誇示するためでしょうか」

「だとしても、驚かない」

商売相手もドラッグも金も根こそぎ結城組が奪ったという情報は、じきに双方の耳に入るだろう。

裏切り者である結城組の言い訳を聞いてくれるほど心の広い相手であればいいが――と、久遠は三島の顔を思い浮かべ、冷笑を浮かべた。

組同士の諍《いさか》いやてっぺんの取り合いよりも、いまの久遠には水元《みずもと》への仕打ちのツケを三島に払わせることのほうが重要だ。

そのためなら多少の無理は押し通すつもりでいる。

やくざ稼業が切った張ったの世界だったのは昔の話、いまはもう時代遅れだ。現在はどこの組もビジネスで成り立っている。

だが、所詮《しょせん》やくざはやくざだ。ビジネスマンの真似事《まねごと》をしようと、欲を満たすためならなんでもありで、命ですら平然と奪う。そこには道理もなにもない。

三島はその典型だ。

そういう男にどうやって対抗するか。どういうやり方であれば潰《つぶ》せるか。

「一本電話をかける」

久遠は携帯を手にする。すぐに呼び出し音が切れ、一拍の間のあと耳に届いた鈴屋《すずや》の声は苦渋に満ちていた。

『……すみません。役に立たなくて』

どうやら先日の役員会の件に対する謝罪らしいが、そもそも鈴屋ひとりでどうなる話ではなかった。最悪の場合、巻き添えで鈴屋の立場も危うくなる。それは、こちらにとっても都合が悪い。

「電話をしたのは、謝罪を聞くためじゃない。坊に伝言を頼みたい」

鈴屋は先回りをして、白朗《バイラン》の名前を口にした。

『坊ちゃんには、酷では』

「わかっている。だが、坊からの頼み事だ」

『そうですが』

答え澱《よど》む鈴屋に、構わず久遠は先を続けた。

「三島が送り込んだのは医師じゃなかった。初めから白朗を助けるつもりなんてなかったってことだ。適当にごまかすつもりだったんだろう——言うまでもないが、白朗はいま危険な状況にある」

三島が欲していたのは三代目の嫡子である田丸《たまる》の身柄。白朗の死後、あわよくば丸ごとそのルートを手に入れようと目論《もくろ》んでいたのだろう。

三代目の坊など容易《たやす》く操れると高をくくってのことだ。

「うちが送った医師が間に合えばいいが」

『——伝えます』

「頼む」

用件のみで電話を終えると、椅子《いす》から腰を上げる。

「さて、最終段階といくか」

上総があからさまに眉根《まゆね》を寄せた。

「近田《こんだ》組に出向くのとはわけがちがいます——と言っても無駄なんでしょうね」

頭を抱えるその様子に、ああ、と久遠は返す。

「紹介状がないとなると、どのみち俺が行くしかない。たとえ上総であっても門前払いになるのがオチだ」

何度も聞いた上総の苦言を久遠は一蹴《いっしゅう》する。

なにより、ここまで来たからには木島組対結城組という以前に、自分と三島の問題だと思っていた。三島もその意図があって役員から除名するだけでは飽き足らず、真柴《ましば》と水元を襲わせたにちがいない。

どちらかが完全に潰れるまで、終わりは来ないのだ。

「無駄でも、言わせてもらいます。たとえ水元の仇《かたき》をとったとしても、あなたの身にもしものことがあればうちは終わりですから。もちろん続けてはいけるでしょう。でも、それだけです。あなたは——先代の残した組を台無しにする気ですか」

長年ともにいただけあって、弱点をよく心得ている。痛いところを突かれて、自嘲《じちょう》するしかなかった。

木島は、役員任命を目の前にして病に倒れた。さぞ無念だったろうに、泣き言は一言も口にしなかった。

——心配しなくても、うちはいまより大きくなる。なんせおまえたちがいるんだ。

病床にあっても笑っていた木島を思えば、上総の言い分が正しいのだろう。長として、危険に身をさらすべきではないというのもそのとおりだった。

一方で、自分が動く理由もそこにあった。

木島の遺《のこ》した組を守る。もう誰も傷つけさせない。

「無謀な行動に出るのは、また記憶障害のせいですか?」

近田組の一件を含めての皮肉だ。

久遠はあえて答えなかった。

「それなら、やはり私が同行します」

「駄目だ」

「ですが」

上総の心情は理解しているつもりだった。しかし、初めに上総自身が言ったように、近田組に出向くのとはわけがちがう。

行き先は、三島の経営する裏カジノだ。

「俺と上総は、しばらく別行動をしたほうがいい」

「……っ」

言葉の意図を正確に汲《く》み取《と》ったのだろう。

「後遺症じゃないなら、なおさら性質《たち》が悪い」

これ以上なにを言ったところで無駄だと察したらしい上総に、端《はな》から話し合うつもりがなかった久遠は、悪いと一言謝罪した。

眉間《みけん》に縦皺《たてじわ》を刻んだ上総が、めずらしく乱暴な口調で「くそ」と吐き捨てる。その後眼鏡のフレームを指で押し上げると、恨み言を並べ始めた。

「俺の身にもなってください。若い奴らの面倒だけで手一杯なんですよ。忘れているみたいだから言いますが、兄弟盃《さかずき》の件はどうなりました？」

腹に据えかねているのは、「俺」という言い方でもわかる。上総は若頭の立場からではなく、同じ釜《かま》の飯を食ってきた同志としての繰り言をぶつけているのだと。

「待ちきれないので兄弟盃の儀、勝手に進めさせてもらいます。媒酌人の希望はありますか」

とても慶事の話をしているとは思えないほど、いっそう渋面になった。

「任せる」

久遠は、上総の手を借りて上着を羽織る。今夜は普段のスーツではなく、カジノにふさわしいブラックスーツだ。上総に見送られて部屋をあとにし、階下に降りたとき、玄関ドアの前ではすでに沢木《さわき》が待機していた。

黙礼する沢木の表情は硬い。喪に服している事務所も静まり返っている。組員たちの胸中はどれほど荒れていようと、暴れ、悲憤をぶつける局面ではないとみな堪えているのだとわかる。

やるせない心境で外へ出た久遠は、沢木の開けたドアから車の後部座席に身を滑らせると、いつもどおり発進を待った。

行き先はすでに告げてある。緊張で張り詰めている沢木がぎゅっとハンドルを握り、アクセルを踏んだ。

組の敷地から公道へ出ようとした、まさにその瞬間だった。いきなり停車する。

「……嘘だろ」

一言そう口にしたきり、沢木が絶句した理由は問うまでもなかった。

嘘だろと言いたくなる気持ちもわかる。車の前に立ちはだかり、阻んでいるのは、海外にいるはずの和孝《かずたか》だ。

沢木同様、驚きに言葉を失った久遠の前で和孝はスーツケースを転がして歩み寄ってきたかと思うと、ドアロックを解除するよう窓を叩く。助手席にスーツケースを放り込むが早いか、そうするのが当然とばかりに後部座席に身を入れてきた。

「待ちくたびれた。電柱の後ろで久遠さんが出てくるのを——うわ、二時間近くも待っちゃったよ」

首をぐるりと回し、疲れたと言って大きな息をつく。まるで単なるバカンスの海外旅行でもしてきたかのような気楽さという印象はあながち間違いではなかった。

「ただいま。そろそろ俺が恋しくなってたんじゃない？」

事もなげにそう言い、以降も能天気にも思える言葉を重ねていく。

「お土産あるからあとで渡す。モロッカングラスとかボールペンとかマグネットとか。あ、アルガンオイルもだ。あとこれ」

Monaco
HUMP

ジャケットの前を開き、自身の胸を指差した。

「これとお揃《そろ》いのTシャツも買ってあるから。色違いで、黒とオレンジ。もちろん沢木くんのぶんもな」

和孝が身に着けているのは、ターコイズブルーのTシャツだ。中央にモロッコの文字とラクダの模様が入っていて、いかにも海外旅行土産という代物だった。

「一ヵ月、命の洗濯できたわ。ディディエの故郷、めっちゃいいところだった。今度、みんなで行こうよ」

勝手に乗り込んできたあげく、こちらの都合も事情も確認もせずに捲《まく》し立《た》てる。愉しげな和孝を前にして、久遠は覚えず吹き出していた。

いまから敵地へ乗り込もうという状況にもかかわらず、おかしくてたまらない。せっかくの緊張感も水の泡だ。

茫然《ぼうぜん》としていた沢木が、ようやく我に返ったのか、後部座席を振り返った。

「てめえ、なに勝手に帰国してるんだよ！　のんきに土産？　いらねえよ。ばかじゃねえのか」

いかに頭に血が上っているか、これだけでもわかる。久遠の存在を失念し、沢木はなおも和孝に嚙《か》みついた。

「つか、いますぐ降りて、てめえはどっかホテルにでもこもってろ。用がすんだら、俺がすぐにまた飛行機にぶち込んでやる」

激情をあらわにする沢木に反して、和孝は意外なほど落ち着いている。

「うん。ばかだってことはよーくわかってる」

殊勝な態度でごめんと謝罪したあと、身体《からだ》ごとこちらへ向き直った。

「けど、俺、思ったんだ。久遠さん、巻き込まれるかって聞いたよな。で、俺が承知した。ってことは、俺らってもう一蓮托生《いちれんたくしょう》、運命共同体だろ？　なのに、一万キロ以上も離れたところに追いやられるっておかしくない？　生きるも死ぬも一緒って意味じゃないのかよ。それとも、そう思ってたのは俺だけ？」

口調こそ軽いが、その双眸《そうぼう》は真剣そのものだ。強い意志を込めた目でまっすぐ見据えてきて、たったひとつの返答を待っている。

「てめえ……状況ってもんが」

沢木が窘《たしな》めようとしても同じだ。

「うん。そっちが大変なことも、俺の家族が巻き込まれる可能性がゼロじゃないこともわかってる。でも、俺はひとりじゃない。助けてくれる人たちがいる。だから、俺は俺の心のままに従うよ」

「……けど」

久遠は人差し指を向けて沢木の口を閉じさせると、和孝の頭に手をのせ、やわらかな髪をくしゃくしゃと乱した。

「また家出してきたわけじゃないよな」

ディディエからは電話一本ない。黙って出てきたとは考えにくいので、故意に連絡してこなかったようだ。

「まさか。ちゃんと榊《さかき》さんを足止めするって言ってくれた」

「いま頃は慌てて飛行機の中か」

「どうだろ」

確かにディディエなら、二、三日の時間稼ぎくらい造作もないだろう。ディディエが自分の頼みではなく和孝を優先したのは少しも意外ではなかった。

ディディエだけではない。宮原《みやはら》、冴島《さえじま》、津守《つもり》。必死で足を踏ん張っている和孝にみなが惹《ひ》かれ、味方をする。どうしたってこちらの分が悪い。

そもそも和孝に関しては、初めから思いどおりになったことはない。これまでことごとく思惑を裏切ってくれた。

出会った頃からそうだ。

「俺のために死んでくれるって？」

「厭《いや》に決まってる」

即答した和孝は、その後、迷わずつけ加えた。

「とりあえずなにがなんでも生き残るから。一緒に」

和孝らしい一言に久遠は口許《くちもと》を綻《ほころ》ばせる。物騒な話をしているというのに、純粋に思えるのが不思議だった。

「沢木」

寄り道をするため、急遽《きゅうきょ》行き先を変更する。

沢木は躊躇《ちゅうちょ》を見せたが、それも一瞬だった。

「はい」

黙って車を走らせる。

車中で一本電話をかけた久遠は、安堵の浮かぶ横顔を窺《うかが》った。開き直っているように見えたが、拒絶される場合も一応想定していたらしい。手を握っては閉じる仕種《しぐさ》にそれが表れている。

しょうがない、と久遠は心中で呟《つぶや》く。

生きるも死ぬも一緒などという熱い告白をされて、平然としていられるほど枯れてはいない。正しいか間違っているかで言えば後者だと頭ではわかっていても、これぱかりは理屈ではなかった。

感情の話だ。

つまり自分には、それほど和孝が必要だったのだろう。

その証拠に、先刻までとはちがい、肩の力が抜けた。手の届くところに戻ってきた、それだけのことでこうも気分がよくなった。

予期していなかった、突然の出来事だったからこそあらためて実感する。

笑みの浮かんだ横顔を眺めながら、久遠もまた心から安堵していた。

追い返されなかったことにほっとし、和孝は車中で肩の力を抜いた。拒絶されても食い下がる覚悟でいたが、やはり不安はあったのだと車が動き出してから気づく。

どこへ向かうつもりなのか、しばらく走ったあと立ち寄ったのは、繁華街の外れにあるテーラーだった。

どうやら久遠が日頃スーツをあつらえているテーラーらしく、店名には憶《おぼ》えがあった。

手縫いにこだわったオーダースーツを扱い、確か先代の木島の代からつき合いがある名店だ。

ハンガーラックに二、三着、トルソーに一着ディスプレイされているのはサンプル用に作られたものか。小さな店だが、店主のこだわりが随所に感じられた。

「急に無理を言ってすみません」

夜遅くにもかかわらず、ひとのよさそうな初老の店主が快く迎えてくれる。車中での電話はこのためだったのかと、挨拶《あいさつ》をする傍ら合点《がてん》がいった。

「いえいえ。ご贔屓《ひいき》にしていただいてますから」

さっそくラックから一着スーツを手に取ると、両手でそれを差し出してくる。

「最近、若いお客様用に作ったものですが、あくまで見本なので」

なぜブラックスーツに着替えなければならないのかについては、特に確認しなかった。着ろと言われるなら、着るだけだ。

和孝はシャツと蝶《ちょう》ネクタイ、スーツを手にして試着室へ移動し、浮かれた旅行者そのもののTシャツを脱ぎ捨てて手早く着替えをすませる。

姿見に映った自分の姿に、BM《ビーエム》で働いていた頃が頭をよぎった。客を迎えるために玄関ホールに立ち、外へ出て、月の位置を確認する。あの頃はそれがすべてで、ずっと続いていくと信じていた。

すでに遠い過去だ。いまの生活以外考えられない。勝手に帰国して、久遠とテーラーにいる自分こそが現実だ。

「悪くない」

自画自賛し、試着室を出る。

「どう?」

その場で一回転して見せた和孝に、先に言葉をかけてきたのは店主だった。

「これは驚いた。あつらえたみたいにぴったりですね」

肝心の久遠は、「本当に」と店主に答えただけだ。だが、満足しているのは伝わってきたので、それで十分だった。

「ありがとうございます」

短時間で革靴まで揃えてくれた店主に礼を言い、車に戻る。テーラーにいたのは二十分ほどで本来の目的地へ向かうようだが——そろそろ行き先を知っておいてもいいだろう。

「で？　この格好でどこへ連れていってくれるって？」

この質問は核心をついたらしい。瞬時に、運転席の沢木の背中に緊張が走ったのがわかった。

一方、久遠の返答は普段どおりあっさりしていた。

「カジノだ」

といっても、本来ならあっさり片づけていい話ではない。自分の知る限り、日本にカジノなど存在しないのだから。

田丸が経営していたＡＲＣＡＮＯ《アルカーノ》の例があるので、驚きはしなかった。どうせ裏カジノだ。またかと思いつつ、へえ、と返す。

ＡＲＣＡＮＯは現在木島組のものになっているため、それ以外——おそらく三島の息がかかったカジノだろう。

「それにしても、久々のスーツなのにワックスがないのが残念」

和孝はふっと前髪を息で飛ばす。こちらの問題もすぐに解決した。

「持ってるっすよ」

硬派な沢木の口からそんな言葉が出てくるとは――。

しかもその理由はじつに沢木らしかった。

「俺、癖毛なんっすよ。ちょっと伸びたらひどい有り様になって、見苦しいんで」

つまり見苦しい様を久遠に見せたくないから、ポケットにワックスを常備していると言いたいらしい。

相変わらずの可愛《かわい》いワンコぶりじゃないか。

「よかったな」

久遠の言葉に半笑いで応《こた》えつつワックスを受け取り、窓ガラスを鏡代わりに使った。テーラーと沢木のおかげでなんとか格好がついたので、あとは到着するのを待つばかりになった。

やがてゆるくカーブした一本道へ入る。近年開発され始めたばかりの緑に恵まれた土地は、最寄り駅からやや離れてはいるものの今後商業ビルが建設される予定があり、マンションが建つとすぐに買い手がつくという地域だ。

街灯に、突如広々とした石畳が浮かび上がる。

どうやらそこが目的地だったようで、減速した沢木は路肩で停車した。

「裏手に駐車場があるみたいです」

「連絡するまでおまえは駐車場で待機していてくれ」

ひとまずカジノに向かうのは久遠と自分のふたりらしい。こちらへ視線を流してきた久遠が、

「準備は？」

そう問うてきた。

沢木のワックスで整えた髪をいま一度撫でつけてから、万端だと答える。それからすぐに車を降りた和孝は、普段とはちがうフォーマルなスーツを身に着けた久遠を観察したあと、両手を広げてみせた。

「昔を思い出す？」

「そうだな。俄《にわか》にしては上出来だ」

「上出来？」

これから敵地に乗り込もうというときに遠慮してもしようがない。まだ沢木の目があると承知で、久遠の腕をとった。

「俺たち、完璧《かんぺき》だろ」

スーツと並んでお似合いなのはドレスと相場は決まっている。だが、ときには変わり種が許されてもいいだろう。

「確かに完璧だ」

久遠の返答に満足した和孝は、腕から手を退《ひ》く。完全に離してしまう前に久遠がそれを引き止めた。

「――マジですか」

「たまにはいいんじゃないか？」

たまには、どころではない。機会も期待もなかったので、腕を組んで歩くなど正真正銘初めての経験になる。

さすがに人目があるから――と迷ったのは一瞬のことだ。ここまできて躊躇したところでなんの意味があるというのか。

「まあ、うん。たまにはいいかもね」

こういうときだからこそ、周囲を気にせず愉しむべきだ。一生に一度きりかもしれないし、自分はそのために帰国した。

残したままだった心を取り戻して、久遠の傍に居続けるために。

エスコートされるに任せて足を踏み出す。凱旋門《がいせんもん》さながらの立派な門をくぐり、敷地内へと入った途端、華やかな景色に迎え入れられた。

緑豊かな英国風のテラスガーデン。ライトアップされて七色の水飛沫《みずしぶき》を上げる噴水。その向こうには薔薇《ばら》のアーチが見える。

「ここがカジノ？　結婚式場みたい」

「正解だ」

「表向きはってことか」

またしてもARCANOを思い出す。ARCANOも表向きはプールバーで、大人の遊技場という触れ込みだった。

薔薇のアーチを抜けた先には、白亜の洋館が待っていた。なるほど世の女性たちが式にこだわるのも頷ける。一生に一度の晴れ舞台であるなら、惚《ほ》れた男と薔薇のアーチをくぐってみたいと思うのはごく自然な感情だ。

図らずも自分はいま叶《かな》えてしまったらしい。

自身の緊張感のなさに呆れるうちにも洋館のアプローチまで歩く。ロマンティックな気分は、黒服の男に止められたところで終わりを迎えた。

「紹介状をお願いします」

黒服の視線が組んだ腕に注がれる。

「紹介状だって」

空惚《そらとぼ》けて、サービスとばかりにいっそう密着してみせた。

「あいにくと持ってない」

平然と久遠が答える。紹介状必須《ひっす》のカジノに、手ぶらで来たというわけだ。

あからさまな営業スマイルを浮かべた黒服の反応は、予想どおりだった。

「申し訳ありませんが、紹介状がない方にはお引き取りいただいています」

扉の前に立ち塞がり、丁重な断りの文言を口にする。

門前払いされることを無論久遠は承知していただろう。どうするのかと横顔を窺うと、ふっと口許に笑みを浮かべた。

「いいのか？　一度、上に確認をしてみたらどうだ？」

久遠が見ているのは、上部に取りつけられている防犯カメラだ。いまのは防犯カメラをチェックしている者への言葉でもあったのだ。

黒服が怪訝な顔をする。それも一瞬で、再度同じ台詞《せりふ》を口にした。

「紹介状がない方はお断りしています。お引き取りいただけないようでしたら――」

だが、そこまでだ。インカムに指示が入ったのか、耳に手をやるや否や、すぐに態度を豹変《ひょうへん》させた。

「失礼しました」

身を退き、扉を開ける。中へ入ると別の男にスーツの上から身体検査をされたあと、ようやく入室を許された。

外観にたがわず、内装も華やかだ。中央に飾られた色とりどりの生花は、天井の巨大なシャンデリアの輝きに負けないほど美しく、ふたつ並んだ椅子のオブジェにも色とりどりの花がちりばめられ、エントランスじゅうに甘い匂いが満ちていた。

滑らかな赤い絨毯《じゅうたん》、二階へと続くカーブした階段、まっすぐ進んだ先にはチャペルが見える。

昼間、大きな窓から陽光が差し込んでくる様はさぞ絢爛《けんらん》だろう。

「俺、結婚式場って初めて入る。いろいろすごいんだな」

そういう意味では、アミューズメントパークも同じだ。これまで一度も経験がないし、今後も誰かの付き添いくらいがちょうどいい。

「そっちは何度か参加したことあるんだよな」

「両手ほどは」

「慶弔事、大変そうだもんな」

ものめずらしさから周囲を観察していると、案内係にエレベーターへ誘導される。そうだ、結婚式場を見学しに来たわけではなかったんだ、と本来の目的を思い出すような有り様なので、いかに緊張感に欠けているかがわかるだろう。

浮かれているという自覚はある。

理由は明白、なにしろ一ヵ月ぶりの再会だ。

勝手に帰国したことに関して、不安がなかったといえば嘘になる。自分の身辺はさておき、久遠がどんな反応をするか予測がつかなかった。

和孝自身に迷いはなくとも、久遠も同じとは限らない。木島組が窮地に陥っている現状で他に構っている余裕があるかどうか、誰に聞いても同じ返事をするはずだ。そのうえ記憶障害のこともある。

久遠には久遠の都合も事情もあると十分理解しているつもりだった。

それでも、だ。

どうしても傍にいたかった。傍にいなければと思った。ずっと胸にくすぶっていた違和感の正体に、ディディエが気づかせてくれたのだ。

——アキを救うために、誰が走り回っているんだろうね。

己の命に代えてもボスを守ろうとする組員たちが、一般人である自分よりよほど役に立つという点においては疑いようがない。

だが、役に立つかどうかはどうでもよかった。ただ、自分は久遠に望んでほしいのだ。おまえに傍にいてほしい、守ってほしい、もしものときはともに死んでほしい、そう言われたい。

だから戻ってきた。

恋しかった、それだけの理由で。

その気持ちは、この場にいても同じだ。

和孝は久遠の腕をぎゅっと掴み、エレベーターに乗る。案内係がカードをかざして稼働させたが、階数表示のボタンを押さないところをみると行き先はひとつのようだ。

表向きは結婚式場で、そのじつ裏カジノ。

よくできていると感心する。結婚式場であれば、着飾った人たちが出入りしたとしてもそれほど悪目立ちはしない。

近隣は気の毒ではあるが。

「なんだ。心配するまでもなかったか」

下降し始めたエレベーターの中で、久遠がふっと片笑んだ。

「やけに愉しそうだ」

和孝は、ひょいと肩をすくめてみせた。

「まあね。こういうの、初めてだし」

遠く離れてやきもきしていた日々を考えると、比較にならないほど愉しいに決まっている。

すぐ目の前にいて、少し手を伸ばせば触れられるとか、マルボロと整髪料の混じった匂いを好きなだけ嗅げるとか、そういう些細《ささい》なことにどれだけ飢えていたか、必要だったかを再確認する。

「そっちは？　愉しめてる？」

「ああ。思っていた以上に」

「よかった」

軽快な音がして、エレベーターが停まる。扉が開いた、直後、視界に飛び込んできた光景に目を瞠《みは》った。

それもそのはず、眼前には別世界が広がっていた。

裏カジノはＡＲＣＡＮＯで一度経験済みだ。毎夜億単位の金が動くと豪語していたのも頷ける、まさにラスベガスかモナコへ瞬間移動でもしたかのようにセレブの集うゴージャスな場だった。

いま和孝が見ているのもそれに匹敵する――いや、規模としてはそれ以上だ。単純に敷地面積が格段に広いため、比例して収容人数が多いのだ。

手前がスロットマシン、奥がテーブルゲームのコーナー。バーや談話スペース等の施設も充実している。

豪華なシャンデリアのもと、着飾った紳士淑女たちが日本では禁止されているはずのカジノで堂々とはめを外す姿は、やっとの思いで帰国してきた身からすれば奇異に見えた。

どこからか歓声が上がる。そちらへ視線をやると、誰かが大きな勝負を仕掛けたらしくルーレットに群がっている人たちが一様に好奇の表情になっていた。

続いて、どよめき、ため息。

が、それも長くは続かず、人々の興味はすぐに離れ、別の場所へ移っていく。

「紹介制で、これをやってるんだ」

ARCANOは完全会員制だった。先ほど紹介状を求められたのは、このカジノは紹介状さえ手に入れれば誰でも入れるということを意味する。

久遠など顔パスだった。

違法にもかかわらず警戒心が欠如している、と思わないではないが、間口が広いことは欠点ばかりではない。

人間が動けば必然的に実入りも増えるし、新鮮な情報も入手しやすい。裏社会的に考えると、弱みを持っている者を見つけやすいというメリットもあるだろう。

もっともそれは、個々の出入りを完全に把握できているのが前提になるが。

「さて、なにがしたい？」

久遠にそう問われ、少し考えてから「まずは無難にスロット」と答える。カジノ初心者からすれば、カードゲームやルーレットはハードルが高い。

「了解」

裏カジノだけあって、履歴の残るカード決済は不可。チップを購入するのはもっぱら現金になる。スロットは直接現金も使用できるため、一万円札から始めることにした。

「俺、じつはパチンコもやったことないんだよな」

ＢＥＴはマックス。小さく賭《か》けてもしようがない。

会場内を回っているサーバーから受け取ったシャンパンを片手に久遠が眺めるなか、和孝は初めてのスロットに大金をつぎ込んだ。

「わ。来た！　やった！」

何回目かにようやく巡ってきたジャックポットに思わず興奮し、久遠に飛びつく。

「危ないな」

グラスをかばって苦笑いをされたが、愉しむと決めているので構わずはしゃいだ。久遠の飲みかけのシャンパンを奪い、飲み干し、次はと奥へ視線を向けた。

「これを元手にしてルーレットをやる」

「チップを買うか」

キャッシュアウトしてスロットマシンを離れると、カウンターに向かい、スロットマシンで稼いだ百万のチケットをチップに換金する。複数いるディーラーのうち、優しそうな初老の男性を選んでルーレットの席についた。

といっても、ミニマムＢＥＴが十万円――イエローチップ一枚という時点で庶民には厳しいゲームだ。現に向かいの男は相当負けが込んでいるようで、笑顔が引《ひ》き攣《つ》っていた。

いつの間に呼んだのか、アタッシェケースを手にした沢木から現金を受け取った久遠がディーラーに四十枚のイエローチップを頼み、和孝が持っている十枚と合わせて五十枚ほどを元手にする。

総額五百万だ。

「どうすればいい？」

ルールやマナーを知らないため、とりあえずやり方を問うた。

「マットの数字の上に置くだけだ。好きなだけ積むといい」

背後に立つ久遠の頼もしい言葉に、まずは小手調べとイエローチップ十枚をマットに置く。玩具《おもちゃ》みたいなチップだからこそできることだ。

「現金だったら絶対無理。百万だよ？」

もう五枚ほど追加して、和孝は久遠に耳打ちをする。

これで百五十万。負ければ、一瞬にして泡と消える。

「だからカジノは儲《もう》かる」

身も蓋《ふた》もない久遠の一言に、そりゃそうかと納得した。儲かるからこそ田丸は手を出したし、リスク度外視で三島も今夜裏カジノを開いているのだろう。

「なあ、これ、全部使って平気？」

ルーレットが回り始めてから、残りのチップを示して問う。

「そうだな。いい頃合いだ」

許可を得て、黒の10にすべて置いた。

理由は特にない。なんとなくだ。

どうやらそれで注目を浴びたらしい。同じテーブルについていた客はもちろんのこと、それ以外の者まで集まってくる。

突然やってきた若造が無謀にも一ヵ所にイエローチップ五十枚を置いたせいで、みな興味津々の様子だ。

背後にいた久遠がさらに一枚二十五万円のオレンジチップを二十枚追加する。これで一ヵ所に計一千万円張ったことになった。

初老のディーラーの表情にも心なしか昂揚《こうよう》が見える。腕のいいディーラーは狙《ねら》った場所に球を落とせる、と昔聞いたことがあるが、ここは裏カジノだ。ルーレット自体に仕掛けがあったとしてもおかしくない。

久遠もそれを承知で大金を賭けたのだろう。

いや、むしろ注目を浴びるのが目的なのか。

「No more bet」

大勢の視線がそこへ集中した。みなが固唾《かたず》を呑んで見守るなか、期待どおりの結果になり、わずか数秒で一千万が溶けてなくなった。

集まっていた人たちが口々に声を上げ、気の毒そうな目を敗者である自分たちへと注いでくる。

だが、それも一瞬のことだ。

「次はどこに置く?」

久遠のその一言に、これまで以上に周囲がざわめく。なにしろ次も同額を一気に賭けようというのだ。無謀を通り越して、判断力を失っていると思う者がいたとしてもおかしくなかった。

「さすがに手汗びっしょりなんだけど」

汗ばんだ手のひらをスラックスで拭《ぬぐ》う。

いくら玩具みたいなチップとはいえ、額が額だ。たった二回のベットで二千万もの大金を使おうというのだから、実際正気の沙汰《さた》ではない。

久遠が目的を果たすまで大金を賭け続けるつもりだというのは、和孝にもわかった。注目を浴びた結果どうなるかについては知る必要がない。

「まあ、じゃあ、18にしようかな」

久遠の誕生日だ。この局面にはもっともふさわしい数字だろう。

オレンジチップ四十枚すべてを赤の18に積む。すでに他の客は誰も参加しようとせず、和孝たちの賭けを見物することに決めたようだった。

「No more bet」

ディーラーが締め切る。一度目と同じで一瞬にして勝敗が決まった。どよめきとため息が起こるなか、チップが回収されていく。

「次は？」

さらに四十枚の追加。

もはや声を発する者すらいなくなった。

一ヵ所に置き、ＢＥＴ。

「なら、あんまり気は進まないけど俺の誕生日でいく？」

「30か」

「憶えてたんだ」

意外、と笑った、そのときだ。長身の黒服が近づいてくる。反射的に背後を振り返った和孝は、久遠はこれを待っていたのかと察した。

「一緒にいらしてください」

黒服の言葉に、久遠は和孝の腕をとって立たせる。

「車で待ってろ」

これは沢木への言葉だ。

おそらくもともと沢木が同行する手筈《てはず》になっていたのだろう、恨みがましい視線を投げかけられる。

申し訳ない気持ちになるが、ここまで来た以上、自分にしても譲る気はなかった。どこへ連れていこうというのか、黒服に従う久遠に倣い、和孝も背中を追う。エレベーターに乗ると、今度は上昇し始める。

カジノと同じく階数表示のない、最上階へ。

おそらくそこに久遠の目的の人物がいるのだろう。その男の顔を思い浮かべると、自然に口許が歪《ゆが》んだ。

お山の大将の権限をこれ以上ないほど振りかざした、鼻もちならない男だ。久遠を目の敵《かたき》にしているその男にされた仕打ちの数々は、どれだけ月日がたっても昨日のこと同然に思い出され、腹立たしい。

「こちらへ」

エレベーターを降りてすぐ、ひとつしかないドアの前まで進む。黒服がノックをしてから数秒後、内側から開いたドアの中へ久遠とともに足を踏み入れた。

華やかな結婚式場の真上によもやこんな魔窟《まくつ》があろうとは――誰が想像できるというのだ。

洋酒の並んだバーカウンターに、地下のカジノの様子が映し出された大きなモニター。それを肴《さかな》にして酒を飲んでいたらしい三島が、中央のソファでくつろいでいる。

「…………」

予測はしていても、実際に顔を合わせると嫌悪感で身体が固まる。けっして萎縮《いしゅく》しているわけではない、そう自身に言い聞かせ、和孝は三島を見据えた。

「いいねえ。ますます別嬪《べっぴん》になったんじゃないか？」

反して、三島は余裕綽々《よゆうしゃくしゃく》の半笑いを浮かべていて、ここが敵地であることをいまさらながらに実感する。

「派手に遊んでくれたみたいじゃないか。うちのカジノ、気に入ったか？　兄ちゃんなら、毎回ただで遊ばせてやってもいいぞ？　十分すぎる客引きになる」

相変わらずムカつく男だ。毎度毎度ひとを付録扱いしやがって。

苛立ちをあらわにするのも癪《しゃく》なので、平然を装って聞き流す。

「それは、俺込みでってことですかね」

久遠が割って入った。

たったいま存在に気づいたとばかりに、隣に立つ久遠へ三島はその目を移した。

「なにを言ってる。おまえ、自棄《やけ》になったのか？　詫《わ》び金はどうした。カジノで遊んでる暇があるなら、掻《か》き集《あつ》めて持ってこいよ。今日は情けで通してやったが、次はないからな」

わざと癇《かん》に障る言い方をしているのは明白で、三島は勝ち誇ったような半眼を久遠に流す。実際、ここで上下関係をはっきりさせておこうとする意図が垣間《かいま》見《み》えた。

「まあ、俺の靴を舐《な》めるっていうんなら、多少は考えてやってもいいがな」

三島の一言に、なにが面白いのか周囲の手下がどっと沸く。

相変わらず品性の欠片《かけら》もない、と言い返してやりたい衝動を懸命に堪える理由はひとつ。久遠がそうしないからだ。

眉ひとつ動かさず三島の挑発を躱《かわ》し、普段どおりの態度で接している。

「残念ながら俺は役員を外されたので、三島さんとなかなか会えなくなりましたからね。今日は、ひとつ相談があって伺いました」

は、と三島が鼻で笑う。

「役員に戻してほしいっていう話なら、靴を舐められても無理だ」

故意だろう、心底見下した表情と言葉にはいいかげん腹が立ってくる。我慢の限界だ。自分が出しゃばるのは筋違いと承知していても、あと一言でも侮辱するようなら黙っているつもりはなかった。

和孝はこぶしをぎゅっと握り締める。

「いい眼《め》をするじゃないか、兄ちゃん。なんなら、うちで面倒見てやろうか？　久遠にくっついてたって、甘い汁は吸えないぞ？」

「お断りです」

一瞬も間をおかず即答する。

三島は、なおもにやにやとして戯言《たわごと》を続ける。

「厭だと思うのも最初だけだ。すぐに贅沢三昧《ぜいたくざんまい》の生活に慣れて、もっとってねだるようになるさ」

どこまでひとをばかにすれば気がすむのだろう。

自分への言葉であれば、我慢する必要はない。堂々と、「寝言は寝て言え」と吐き捨ててやれる。

一歩前に出ようとした和孝だったが、そうするより早く腕を摑んできた久遠が大丈夫だとでも言いたげな目線を送ってきたあと、本題の「相談」に入った。

「今夜、偶然にもそちらの落とし物を拾いました」

「落とし物?」

すぐにはぴんとこなかったのか、三島が怪訝な顔をする。

「ええ。さぞ大事なものじゃないかと思ったので、うちで預からせていただいてます」

構わず久遠は人差し指を立て、三島に示した。

「そうですね。預かり金として一億」

理解できないまでもその無茶とも言える金額の提示に、見る間に三島が不機嫌になる。

「てめえ——いったいなんの話を」

「と言いたいところですが、うちからの詫び金三千万があるので、差し引きして七千万で手を打ちましょうか。預かっているものを考えれば、けっして高くはない額だと思いますが」

ここでやっと三島はなんの話なのか気づいたようだ。はっとした表情で一度瞬きをするや否や、その顔が醜く歪んだ。

心なしか青褪《あおざ》めても見える。それだけその「落とし物」は三島にとって重要なものなのだろう。

「まさか……」

これまでの余裕は消え、本人は気づいているのかいないのか唇が痙攣《けいれん》する。かと思うとどっと汗が浮き出し、手下に怒鳴り散らした。

「すぐに確認しろ！　なにをぐずぐずしてる。電話をかけろ！」

唾《つば》を飛ばして命じた三島に、

「それには及びません」

しれっとした様子でそう返した久遠が、三島の前で電話をかけ始めた。

「上総、三島さんが落とし物の確認をしたいらしい」

その一言で三島に携帯を差し出す。

「どうなってるっ」

引ったくる勢いでそれを手にした三島が耳にやった直後、激情のためか、わなわなと身体を震わせ始めた。

今度は見る間に顔が赤黒くなる。こめかみには血管が浮き出し、見開かれた双眸は充血してまさに鬼の形相だ。

「久遠……っ、てめえ、やりやがったな。ただですむと思うなよっ」

だが、まだ自分に利があるという思いがあるのだろう。目線ひとつで動かした部下に久遠を取り囲ませると、袋のネズミだとばかりに自身は抽斗《ひきだし》から銃を取り出した。

「ぶち切れやがって。てめえはここで殺す。てめえのイロも許さねえぞ。シャブ漬けで便所にしてやるから、覚悟しろ」

汚い言葉でどれだけ脅されようと、不思議と恐怖心はなかった。隣に久遠がいる、その事実だけで安心感があった。

「どうする？　和孝。三島さんに助けてくれって懇願するか？」

「ごめんだ」

思案の余地はこれっぽっちもない。ここまできた以上、もはや意地を張り通す覚悟はできていた。

「なら、ここで俺と死ぬか？」

この問いには、つかの間考える。

三島のせいで死ぬのはごめんだが、久遠と一緒だというならなんの迷いもない。この状況ではむしろ心惹かれる選択ですらあった。

が、やはり答えはひとつだ。

「そっちもできればごめん蒙《こうむ》りたい。俺は、久遠さんと生きるって決めてるんだ」

久遠の手が肩にのる。

視線を上げて横顔を確認すると、口許には笑みが浮かんでいた。

「だそうですよ」

その表情で久遠も同じ思いだと知る。まだ不利な状況にあるのは間違いないのに、それがなにより心強かった。

「図にのるんじゃねえっ」

三島が唾を飛ばして怒声を上げる。

和孝の返答は火に油を注ぐことになったのか、いっそう目を血走らせた三島が、銃を久遠に向けたまま手下にがなり立てた。

「おまえら、そっちのイロを取り押さえろ！」

だが、所詮下っ端程度が何人揃おうと、久遠に太刀打ちできるわけがない。

「触るな」

一言で手下の動きを制した久遠は、いつになく挑発的な眼光で三島を射貫《いぬ》いた。

「俺なら、動くのは話の続きを聞いてからにします」

どちらでもいいというニュアンスだが、実際は三島に選択権を与えていない。その証拠に、手下の腑甲斐《ふがい》なさに激怒しつつもこの一言は無視できなかったようだ。ぎりっと歯噛みをしたあと、握り締めていた携帯を耳に戻した。

電話口にいるのは三島の手下か。喚《わめ》く声が和孝にも聞こえてきた。話の内容まではわからないが、三島の顔が強張《こわば》ったところをみるとよほどの事態だ。

いまや虚勢を張ることすらできず、いつもの傲慢《ごうまん》さも剝《は》がれ落ちてしまっている。

「本来、いちいち説明するのは嫌いなんですが、ひとつ助言を。急いだほうがよさそうですよ。取引相手は、ドラッグも仲間も三島さんに奪われてひどく怒っているらしいですから。彼らが裏切り者に対してどう出るか、三島さんならよくご存じでしょう。七千万じゃ安いくらいだ」

一瞬にして場が凍りつく。

三島の喉《のど》が、ごきゅっと大きな音を立てた。そして――。

「久遠おおおッ」

ぞっとするほど醜悪な三島の叫び声が室内に響き渡った。その声はまるで獣の咆哮《ほうこう》さながらで、いまや三島の顔貌《がんぼう》は恐ろしいまでに歪んでいる。

それもそのはず、どうしたって三島には目がない。久遠の申し出を受け入れれば、最悪の事態を避けられる可能性があるというだけだ。

三島が久遠に屈したという噂は広まるだろうが。

「その手に乗るか。……てめえ、これですむと思うなよ」

携帯を床に叩きつけると、捨て台詞を最後に、猛獣のごとく手下に当たり散らしながら三島が部屋を出ていく。

久遠とふたりきりになった和孝は、はあ、と長い息をついた。

「溜飲《りゅういん》が下がった。あのひとには、本当にムカついてたから」

これまでの態度や投げかけられた言葉を考えれば足りないような気がするが、醜く歪んだ顔を見られただけでもこの場に立ち会った甲斐はあった。

「裏社会のボスの脅しに、その反応か」

久遠の言葉はもっともだ。まずは、ほっとしたとか、よかったとか言うべきだったのかもしれない。

「あー……まあ、久遠さんがいたからね」

だが、これが本心だ。

「俺もだな」

とはいえ、久遠の返答は予想外だった。

「え」

「おまえがいてよかったと言っているんだ」

いつものやり方で髪をくしゃりと乱される。注がれるまなざしのやわらかさに、和孝は胸が熱く震えるのを感じていた。

今日の出来事は、きっとこれからふたりで生きていくうえでの支えになるだろう。窮地を一緒に乗り越えた、その事実は自分にとってなにより重要だ。

「で？　このあとは？　どうすればいい？」

携帯を拾い上げつつ問う。幸いにも壊れてはいないようだ。

「とりあえず一度帰るか」

「あー……そういや俺、空港から直行だったし」

まずはシャワーを浴びたい。そして、土産を渡して、向こうで暮らした一ヵ月間の話をしたい。ディディエの印象、交わした会話、彼の故郷について。

いや、それよりも、まずしたいことがある。

エレベーターでふたりきりになった途端、邪魔者を排除した褒美とばかりに久遠の肩口に顔を埋《うず》め、マルボロと整髪料の匂いを嗅いだ。

自分がどれだけこうしたかったか、あらためて実感する。

およそ一ヵ月ぶりだ。顔を見て、声を聞いて、匂いを嗅いで――泣きたくなるほど胸がいっぱいになるのはどうしようもない。

髪に触れてくる手が優しいからなおさらだ。

だが、それも階下に到着するまでだった。エレベーターの扉が開き、照れくささを覚えつつ先に降りようとした和孝は、直後、異変に気がついた。

そこにはまだ三島がいる。あれほど急いでいたというのに、無防備にもこちらへ背中を向けて立っていた。

いったいなにをぐずぐずしているのか。一刻一秒を争うほど急いでいた三島を足止めしているのはなんなのか。すぐに判明した。

男が玄関前に陣取り、出ていくのを阻んでいる。有坂《ありさか》だ。有坂の手には日本刀がある。

三島と手下、有坂。華やかな結婚式場のエントランスにはおよそ不似合いな者たちが顔を揃えているのだ。

久遠を案じて駆けつけたのか。そう思った和孝だったが、自分の早合点であることを悟った。

「いいところに来てくれた。有坂、久遠のことはおまえに任せる。きっちり片をつけろ」

こちらを一瞥《いちべつ》した三島が、口早に有坂へ命じた。どういうことなのか、これっぽっちも理解できない。

なぜ三島が有坂に？

どうして有坂は、久遠を見ても不穏な目つきのままなのだろうか。

久遠にしてもそうだ。本来なら声をかけてもいいはずなのに、有坂を見ても無言のままだった。

混乱する和孝の前で、有坂がへらりと笑う。以前顔を合わせたときと雰囲気が異なって見えるのは、けっして勘違いではなかった。

「三島さん、そりゃないって」

有坂が真っ先に口にしたのは、久遠の名前ではなかったのだから。

「聞きましたよ。あんた、大変なんだろ？　ケツに火がついたから急いで逃げようとしてるんだよな。で？　俺に責任全部押しつけるって？」

鼻で笑った有坂に、意味がわからないとでも言いたげに、三島が両手を広げてみせた。もちろん右手には銃を持った状態で。

「くだらねえこと言ってんな」

三島としては一刻も早く立ち去りたいのだろう、足を踏み出す。しかし、有坂はそこを退《ど》こうとはせず、構わず話を続ける。

「こうなると、俺を役員にしてくれるって約束も本気かどうかって疑っちまうよな。俺はなんのためにあんたについたと思ってるんだよ」

予想だにしていなかった展開に、和孝は息を呑む。反射的に久遠を見たが、表情はいっさい変わっていなかった。

有坂の裏切りを知っていたのか、あるいは状況を把握しようと思考を巡らせているからか。

「あんたに情報流して、俺はうちの親分をうまく追い込んだ。そうだろ？　俺は自分のタマを懸けて組を裏切ったんだよ。いまさら自分だけ逃げようなんざ、あまりに虫がよすぎねえか？」

衝撃的な告白だ。声も出ないほどショックを受ける。木島組内に三島の手先がいるというだけでもショックなのに、それが若頭補佐の有坂だなんて――俄には信じられない。きっとなにかの間違いだ。

部外者である自分がこうなのだから、久遠はそれ以上だろう。

「早合点するな。いまは退《ひ》くってだけで、俺は約束を守る男だ。必ずおまえを役員に取り立てる。ほら、こいつらが証人だ」

なあ、と三島の声掛けに、手下が従順に返事をする。

「な」

とってつけたような笑顔で三島は有坂の傍へ歩み寄る。親しげに肩を叩《たた》いたその手を、有坂が摑んだ。

「口先だけじゃ、ねえ。四代目。組織のボスなら、いまから外敵ってヤツを迎え撃ちにしに行きましょうや。喜んで加勢しますよ」

ざわつき始めた周囲を見回すと、いつの間にか野次馬の輪ができていた。カジノを愉しんだばかりのセレブたちが帰るに帰れず、エントランスで立ち往生したのだ。

ざっと二十人ほどはいるだろうか。こういうときでも騒ぎ立てずに遠巻きに窺うだけの彼らはさすが紳士淑女と言える。

「いいかげんにしろ！」

とうとう痺《しび》れを切らした三島が、有坂の手を振り払った。

「てめえは俺の指示に従ってりゃいいんだ。だいたい、信じられないっていうならてめえのほうだろ。一度裏切った奴は次も裏切る。裏切り者を傍に置くほど、俺はお人よしじゃねえんだよ。誰が重用するか。木島組の存続？　そんなの、潰すに決まってんだろ」

苛《いら》つくあまり、うっかり本音が出たらしい。三島は、初めから有坂との約束を果たす気などなかったのだ。

「あー……やっぱりそういう魂胆ですか」

嗤笑《ししょう》交じりの有坂の問いかけに、忌《い》ま忌《い》ましそうに三島が歯を剝《む》く。心底疎ましく思っているのが目つきに表れていた。

「そりゃそうか」

有坂の目が初めて久遠へ注がれた。まっすぐ受け止めた久遠が、ここへきて初めてその顔に微《かす》かな険を滲《にじ》ませた。

いったいなにが起ころうとしているのか、自分には予想もできない。何事もなく終わってほしいと望んだところで無理だというのはわかっていた。

「組長さんよぉ。もっと驚いた顔してくださいよ。それとも、もうバレてました？」

有坂に問われ、いや、と久遠が返す。

「十分驚いている」

「だったら甲斐があった」

手にした日本刀を一度握り直したあと、有坂は急に饒舌《じょうぜつ》になった。木島組と久遠に対する不満だ。

「お友だちの息子だか大卒だか知らねえが、この俺があとから入ってきたぽっと出の奴の下につかされるとはよぉ。ったく、木島のおやっさんもなに考えてたのか。自分より若造に顎《あご》で使われたら、こうなるのもしょうがねえよな」

つまり自分が下の立場であることがずっと気に入らなかった、そう言いたいのだろう。だが、どうしても信じられない。有坂という人間を知らなくても、久遠の態度を見れば多少はわかる。少なくとも久遠は信頼していたから「驚いた」のだ。

「いい機会だから、俺から三島さんに売り込みに行ったわけよ。そっちに加担する代わりに、俺が組長になって、幹部に取り立ててもらうって約束で。一年、あんたを欺いてたんだから、俺もたいしたもんだろ？」

一年……その長さにさらなるショックを受ける。

久遠は黙したまま、正面から有坂を凝視するばかりだ。

「がたがたうるせえ」

苛立ちをあらわに、三島が吐き捨てた。

「おまえは期待外れだったたんだよ。まだ柊《しゅう》のほうが役に立つし、可愛げもあるってもんだ。いいから、そこ退け」

どん、と有坂の肩を押しやった。

「行くぞ」

手下を連れて立ち去ろうとする三島の名前を、有坂が低く呼んだ。

「待てよ。あんたにはまだつき合ってもらう」

首を左右に傾けながら、手にしていた日本刀を鞘《さや》から抜く。ぎらりと鈍く光った刃《やいば》に血の気が引くが、それ以上に有坂の双眸に背筋が凍った。

有坂は本気だ。

見せかけだけの刀ではなく、使うために持参したのだ。三島もそれを察しているからこそ、安易に銃を使えないのだろう。

たとえ目の前の有坂を撃ったとしても、背後には久遠がいる。

「久遠をやりに来たんだが、あんたから先に始末してやってもいいんだ。時間はとらせないから、そこを動くなよ」

有坂のすさまじい気迫、殺気が伝わってきて、呼吸するのもままならなくなる。息を吸うたびに、肺が痛んだ。

「よせ、有坂」

息苦しさから胸を喘《あえ》がせた和孝の前で、久遠がやっと声を上げた。

「すっこんでろ！」

すでにまともな判断力を失っているのか、有坂は同志であるはずの久遠へ嚙みつき、切っ先を向けた。

尋常ではない量の汗のせいで有坂の上着の胸元と脇《わき》のあたりは濃く色変わりしている。それだけに鬼気迫るものがあった。

「まあ、俺もあんたを信じちゃいなかったからお互い様だけどな。三島さんよぉ。あんたとここで相打ちってのも、悪かねえな」

「……ばかなことを」

三島の声が上擦った。それも当然で、完全に有坂の間合いに入っているせいで相打ちが現実味を帯びる。

「まさかおまえ初めからこうする狙いで……久遠の差し金かっ」

三島が歯を剝いた。

「それこそまさかだろ」

有坂は否定し、鼻でせせら笑った。

「裏切り者は俺ひとりだ」

まるでそう印象づけているかのようにも聞こえる。現に有坂の目は三島ではなく、久遠を捉《とら》えていた。

「わかった。わかったからいったん退け」

三島が有坂にそう言った。たとえ腹の中は煮えくり返っていたとしても、いまはとにかく足止めを食らっている場合ではないとの判断からだろう。構えていた銃を下ろし、有坂を宥《なだ》めにかかる。

「かっとしてつい俺も言い過ぎた。あとで連絡をくれ。悪いようにはしない」

その一言で三島はふたたび玄関に足を踏み出し、手下がそれに続く。急いでこの場を去り、対策を講じたいという焦りが見てとれた。

だが――。

「悪《わり》ぃな、親分」

有坂のその一言は、いったいなにに対しての謝罪なのか。首を傾げたのと、久遠が有坂の名前を呼んだのはほぼ同時だった。

次の瞬間。

「三島ぁ」

喚声とともに日本刀を振り上げた有坂が、三島の背中に向かって切り掛かっていった。

「なにを血迷ってる！」

近くに手下がいるにもかかわらず、振り返り様、三島が発砲する。一発、二発、三発と鈍い音をさせて続けざまに銃弾が放たれる。

その瞬間視界が塞がれたのは、自身を盾にしてかばってくれたからだと気づいたときにはすでに当の久遠は離れていて、和孝は片膝をついている有坂と三島、久遠を目の当たりにすることになった。

「久……さんっ」

呼びかけたつもりだったが、果たして声になったかどうか。

そこから先はまるでコマ送りの動画でも観ているようだった。

久遠が落ちていた鞘を三島に向かって投げる。三島は襲い掛かってきた鞘に向かって発砲した。続けて二発。

「これで終《しま》いだ！」

叫んだのは有坂だ。銃口がそれた隙《すき》に日本刀をまっすぐ三島に振り下ろす。

また銃声がエントランスに響き渡った。それで最後だった。連続発砲によって弾丸が尽きたのだ。

「うおおおっ」

もはやどちらの咆哮なのか、判然としない。ふたりは縺《もつ》れ合《あ》うようにして床に倒れ、ごろごろと転がった。

「有坂！」

割って入った久遠がふたりを引き離すまで。

永遠にも感じられたけれど、実際はほんの十数秒の出来事だっただろう。

和孝自身は一歩も動けず、仰向けに転がっている三島と流れ弾を受けて悶え苦しんでいる手下、そして、久遠に抱かれた有坂を茫然と見つめる。

だが、それも終わりを告げた。

静けさを取り戻したエントランスに、突如、悲鳴が響き渡る。

カジノの客のなかから上がったそれが呼び水となり、そこここで金切り声が聞こえ始めてみなが一斉に玄関へと駆け出した。騒然となる周囲に我に返ったとはいえ、いまだコマ送りの続きを観ているような感覚が和孝にはあった。

「和孝。一一九に連絡してくれ」

「え……あ」

有坂を抱きかかえた久遠に指示され、はっとし、さっきポケットに入れた久遠の携帯を手にする。

電話をかける間、心臓は早鐘のごとく脈打ち、声も携帯を持つ手も震えてどうしようもなかった。

「あ……りさかぁ……てめえ……にしやがる」

悪態をつく三島の声にいつもの力強さはなく、ヒューヒューと雑音が混じる。

それもそのはず三島のスーツの胸元、ちょうど肺のあたりがびっしょりと濡《ぬ》れ、こうしている間にもそれは広がっていく。

血か。

とその事実に気づいた。有坂に切りつけられたのだ。すぐ近くには、赤く染まった日本刀が落ちていた。

どっと汗が噴き出してきて、いまさらながらにこれは現実だと痛感する。そこここで血が流れ、呻き声と悲鳴が聞こえ、まさに地獄絵図さながらだ。

「覚悟、しとけ……いま、殺して、やる」

懸命にもがき、必死で身体を持ち上げようとしている三島の姿はひっくり返った亀《かめ》を想像させる。

「有坂……久、遠……てめえら、まとめてっ」

三島から視線を外した和孝は、ようやく動くようになった足を踏み出し、有坂の傍にしゃがむとハンカチで脇に近い二の腕を縛って止血を試みたけれど、到底役に立ちそうになかった。

左の二の腕は弾が貫通したようだ。

そして、腹は。

久遠が自身の上着を使って有坂の腹を押さえているが、あまりに出血がひどく、見る間に上着は濡れていく。

久遠の指示どおり電話をかけただけで、なにをしていいのかわからず、和孝はただ見ていることしかできない。

「わ……わりぃ、な」

有坂が笑った。

「俺は……組を存続させた、かった。親父《おやじ》さんの……っ」

「わかってるから、もう黙ってくれ」

久遠の制止も聞かず、さらに切れ切れの言葉は続く。

「愉しか、たよなあ……親父さんが、いて……俺ら、小言食らって」

有坂がごほっと咳《せき》をする。次の瞬間、口から鮮血が噴き出した。

「有坂」

自身も血を浴びた久遠が苦悶《くもん》の表情になる。それだけ深刻な状況なのだ。

「水元、おまえの仇は……水も、ごめ……なあ」

譫言《うわごと》のように弱々しく、言葉も曖昧《あいまい》になっていく。すでに目つきも虚《うつ》ろだ。くり返し

謝っていることだけはかろうじてわかった。

いまや夥《おびただ》しい量の血で、久遠の上着はぐっしょりと濡れている。

「……組を……」

「ああ、わかってる」

逃げ損ねた野次馬たちのなかにも口をきく者はおらず、立ち尽くした状態だ。

「親父！」

駐車場で待機中だった沢木が飛び込んできた。目の前の惨状を見た瞬間、蒼白《そうはく》になった沢木は転がる勢いで久遠と有坂に駆け寄り、膝《ひざ》をついた。

「親父……有坂さん！　なにが……あったんすかっ。なんで、こんなことにっ」

問う声は掠《かす》れ、身体は小刻みに震えだす。血まみれの有坂と久遠を目の当たりにしたのだから混乱するのは当然だった。

「俺じゃない」

「じゃあ、この血は有坂さんの――」

次にその目が床の上の三島に向かう。瞬時にして怒りを燃え上がらせ、いまにもとどめを刺さんばかりの勢いで沢木は立ち上がろうとしたが、止めたのはやはり久遠だ。

「すぐに警察が来る。和孝を送っていってくれ」

普段なら一も二もなく久遠の命に従う沢木の顔に躊躇が浮かぶ。

「……でも」

「俺はひとりで帰れる」

警察が到着する前に立ち去れという意味だとわかっていた。それならぐずぐずしているわけにはいかない。床から腰を上げた和孝だったが、自身の有り様に久遠が沢木に命じた理由を察した。

両手もスーツも有坂の血で濡れている。

これでは大通りに出たところでタクシーは使えないし、公共の交通機関はなおのこと難しい。夜間とはいえ、人目につく長い距離を歩いて帰るというのも現実的ではなかった。

「沢木。急いでくれ」

再度そう言った久遠に、沢木の唇が固く引き結ばれる。

「はい」

その場で無骨な手を握り締めて祈るようにこうべを垂れてから、すっくと立ち上がった。

「行くぞ」

すでにその面差しに迷いはない。普段どおりの、和孝のよく知る沢木だった。

「うん。ごめん。お願い」

ふたりして結婚式場を抜け出す。一歩外へ出た途端に血の臭《にお》いが気になり始め、裏手の駐車場へ着くまで何度も込み上げてくる吐き気を堪えるのに苦労した。

血のついた上着を脱ぎ、ついでにそれで手を拭ってから車に乗り込む。夜の街を走り出した車の中で、しばらくふたりとも口を利かなかった。

沈黙を破ったのは、沢木の舌打ちだ。

「くそ……っ」

正気を取り戻したとはいえ、ショックであるのは間違いない。いや、平静に見えているだけで内心は動揺でいっぱいだろう。後ろから見てもはっきりわかるほど何度も肩が大きく上下する。

「なにがあったのか、話してくれ」

その声もやはり上擦っているが、お互い様だ。和孝にしても頭のなかはぐちゃぐちゃだし、どこからどう話せばいいのか、まったく考えがまとまらない。一応頭を整理しようと努力してみたが、あきらめて口を開いた。

「最上階で——三島さんが待ってて、脅されたけど、久遠さんが落とし物を拾ったからって言って……」

このあたりは沢木のほうが明瞭《めいりょう》に把握しているはずだ。いまだ動揺を引き摺《ひず》って要領を得ない和孝の話に、ああ、と相槌《あいづち》が返る。

「取引相手が捜しているとかで、三島さんが急いで出ていった。そのあと俺たちも帰ろうとして下に降りてみたら、有坂さんがいた。有坂さんは久遠さんに……」

有坂が久遠に向かって言い放った言葉をいまここで沢木に告げていいものかどうか、迷う。一年も前から三島に情報を流していたのは有坂なりの考えがあってのことだとしても、衝撃的であるのは確かだ。

「いいから、全部話してくれ」

だが、たとえ自分が隠し通したところで早晩沢木の耳に入るはずだし、知る権利があるのは間違いなかった。

「有坂さんが、幹部にしてもらう約束で組を裏切ってたって……三島さんに情報を流してたって言ってた。一年も前から」

「――――」

答えはない。受け止めきれないのだ。

瀕死《ひんし》の有坂を目の当たりにしただけでもショックだったろうに、長い間組を、組員を裏切っていたとなると――沢木の心の傷は計り知れなかった。

和孝自身、どうしてこんなことになったのかと思わずにはいられない。

少し前まではモロッコにいた。市場で買い物をして、ご飯を作って、ラジオを聴いて、眠って。それらはみな、またもとの生活が戻ってくると信じていたからこそだというのに、日本へ戻ってきた途端、すべてがひっくり返った。

けれど、自分の現実はやはり日本にある。やくざの抗争を目撃して怯《おび》え、腹を立てる、そういう現実だ。

「有坂さんと三島さんが言い合いになって、それで、有坂さんが先に切りかかった。あれはまるで、あらかじめ想定してたみたいだった」

いや、きっと思い違いだ。それがなにを意味しているのか、和孝自身確信があるわけではなかった。

果たして沢木はどう受け取ったのだろうか。

「わかった」

返ってきたのは静かな、だが、明瞭な一言だった。

「親父は間違わない。補佐は、組を裏切っちゃいねえ」

「……沢木くん」

「それだけは確かだ。俺が保証する」

信じたいだけ、と言われればそれまでかもしれない。けれど、沢木の言葉は和孝にもしっくりきた。

「うん」

マンションに到着する。

「ありがとう」

助手席からスーツケースを引っ張り出した和孝は、すぐに引き返した沢木の車を見送ったあと、一ヵ月ぶりの我が家へ戻った。

部屋じゅう埃《ほこり》がたまっているだろう。急だったせいで冷蔵庫の中身もきっと傷んでいる。大掃除をしなければ、とあえてどうでもいいことを考える。

重い身体を引き摺るようにして靴を脱ぎ、リビングダイニングのドアを開けたところ、驚いたことにその必要はなかった。

どうやら定期的にハウスキーパーが入っていたらしく、掃除は行き届き、冷蔵庫の中も綺麗《きれい》なものだった。

「やることないじゃん」

ぼそりと呟いた和孝は、まずはバスルームへ向かう。バスルームもぴかぴかな状態で、自分が生活していた頃より綺麗なくらいだ。

「もったいなかったな」

すでに悪臭を放ち始めている新品同様の上着はゴミ袋へ放り込むしかない。ワイシャツはクリーニングに出すつもりだったが、スラックスも含めて血の染みをあちこちに見つけてしまい、すべて捨てるはめになった。

もっともそのほうがよかった。今後スーツを視界に入れるたびに今日の出来事を思い出してしまうだろう。現にいまも凄惨《せいさん》な光景は網膜に焼きついたままだ。

ぬるめのシャワーを頭から浴びて、なんとか一息つく。

一方で胸中はとてもすっきりしたとは言いがたく、どう気持ちの整理をつければいいのかわからなかった。

帰国して、やっとの思いで久遠と再会したときは単純に嬉《うれ》しかった。拒絶される可能性もあったとはいえ、その瞬間雑念は消え、安堵と喜びに浸った。

ふたりでカジノに向かい、スロットマシンやルーレットに興じている間は浮かれてもいた。

そのときはまだあんなことになるなんて――。

「…………」

そうじゃない、と和孝は濡れた前髪を両手で掻き上げた。

三島所有のカジノに乗り込むと聞いたとき、なにが起こってもおかしくないと、起こってもいいと確かに自分は思った。生きるも死ぬもと久遠に言ったあの言葉はけっして比喩《ひゆ》でも誇張でもなく、嘘偽りのない本心だった。

こうして無事に家に戻れたのは単に幸運だっただけだとわかっている。だからいま自分がやるべきなのは久遠の帰りを待つことだ。

少しでも久遠の気が休まるように、あたたかい食事を用意して。

バスルームを出たあとはなにをするでもなく、先刻の出来事を反芻《はんすう》して過ごした。ちゃんと受け止めようと考えたのだ。

そのせいでみなに帰国を知らせたいという気持ちはあるのに実行できず、途中コーヒーを口にした以外はずっとソファの上で過ごす。ひどく疲れているにもかかわらず眠気はまったくなく、カーテンの隙間から朝日が入り込んでくる時刻になるまで、結局ソファから動けずにいた。

その間久遠の連絡を待っていたが、そちらも空振りに終わり、和孝はひとり朝を迎えるはめになった。

「――久遠さん」

最悪の夜を過ごしたであろう久遠をひたすらに思いながら。

顔が見たい。早く会いたい。望むのはそれだけだった。

6

一夜明けてテレビをつけてみると、早くも事件について短いニュースが報じられていた。

『不動清和会《ふどうせいわかい》、内部抗争か』『裏カジノで銃撃戦か』『結城《ゆうき》組組長・三島辰也《みしまたつや》、木島《きじま》組若頭補佐・有坂幸一《ありさかこういち》いずれも重傷』

局によっては、『生死不明』と出ているところもあり、ゴシップ誌さながらの煽情的《せんじょうてき》なテロップがテレビ画面に映し出される。

その後、コメンテーターたちが意見を交わすが、まだ詳細はわからないとしつつも、結論は同じだ。反社会的組織がいかに忌《い》むべき存在か、撲滅しなければならないか、口を揃《そろ》えて力説するのだ。

『裏カジノに出入りしていた一般人がいるのが、大問題じゃないですか。著名人もいたって噂《うわさ》ですけど』

『それは当然そうなんです。でも、そもそも論でいくと、裏カジノが違法なわけで』

『だから、行かなきゃいいって話じゃないの？　出入りしていた時点で同罪だから』

正論をくり返すテレビに観《み》る価値はない。

「もう聞き飽きた」

リモコンの電源ボタンを押した和孝《かずたか》は、スーツケースを片づけたあと、食材を買うために近くのスーパーに足を運ぶ。

やはり日本のスーパーは慣れているぶん、短時間で気楽に買い物ができた。

部屋に戻るとすぐにブランチの準備にとりかかる。自分ひとりであれば適当にすませればいいが、いつ久遠《くどう》が来てもいいように、いくつか品数を用意した。

焼き鮭《やざけ》に長ネギと油揚げの味噌汁《みそしる》。だし巻き卵、かぼちゃの煮物。一人分を皿に盛って並べ、残りは冷蔵庫に入れて食卓につく。

もし久遠が来なかったときは、そのまま夕飯にするつもりだった。

「いただきます」

食事はふたりだとそれなりに時間がかかるが、ひとりの今日はあっという間だ。無言で口に運び、咀嚼《そしゃく》して飲み込む、をくり返して十分ほどで平らげ箸《はし》を置いた。

皿洗いをすませて、ソファに戻る。

「さてと、誰にかけようか」

さすがにこれ以上の不義理はできない。心配をかけたし、帰国を知らせればきっと喜んでくれるだろう。

自分にしても「おかえり」の声を聞きたかった。

長電話になる孝弘《たかひろ》は後回しにして、最初の電話は聡《さとし》に決める。聡には、国外へ出る際に面倒事を頼んだ。こうなってみると、単なる理由づけだったのかもしれないと思う。いつまた戻ってこられるかわからなかったからこそ、普段距離を置いている聡の声を最後に聞いておきたかったような気もしている。

二番目は最年長の冴島《さえじま》先生か。順番を明確にしてから携帯を手にとった。

まさにそのときだ。

インターホンの音が室内に響き、はっとしてソファから腰を浮かせる。急いでモニターを確認してみると、期待どおりの顔がそこに映っていた。

「いま開ける」

応じると同時にオートロックを解錠《じ》する。わずか数分が厭《いや》になるほど長く感じられ、いっそこっちから迎えにいくかと焦れ始めた矢先、ようやく二度目のインターホンが鳴った。

「ドアを開ける前に再確認しろといつも言っているだろう」

開口一番ため息交じりで忠告されるが、今日ばかりはしようがない。昨夜のことがあったばかりで、無事な姿を一秒でも早く見たいと思うのは自然な感情だった。

「目の下に隈《くま》ができてる」

リビングダイニングで正面に立った久遠が、目の下に指で触れてくる。こちらからも顔を寄せ、うんと頷《うなず》いた。

「わりとできやすいから」

「眠れなかったのか？」

「まあ」

嘘《うそ》をついてもどうせばれる。素直に認めると、今度はその指を頬《ほお》に滑らせてから久遠は口許《くちもと》を綻《ほころ》ばせた。

「この部屋で会うのは久しぶりだ」

どうやら同じことを考えていたらしい。和孝は久遠の肩に額を押し当てる。

「およそ一ヵ月ぶりだからね」

そして、存分に久遠の匂《にお》いを嗅《か》ぐ。昨夜はいろいろあったし、聞きたいことや言いたいこともたくさんあるが、とりあえず身体《からだ》から力が抜けていくのがわかった。

「ご飯食べる？」

「そうだな。そういえば、昨夜からなにも口にしていない」

「座って。夕飯に同じものを食べずにすんでよかった」

久遠に昼食を用意した和孝は、自分もテーブルにつく。

有坂の怪我《けが》の具合や組の状況、警察の聴取はどうなったのか。いますぐ詰め寄りたい気持ちをぐっと呑《の》み込《こ》み、いまは他愛のない話をした。

土産話《みやげ》だ。

古くからの港町とそこに住む気さくな人々。ディディエの印象と、共同生活。ついでに榊《さかき》がいかに変人だったかも。

「そういえば、きっかけを聞き損ねた」

「なんのきっかけだ？」

「久遠さんとディディエが親しくなったきっかけ」

そんなことかとでも言いたげだ。一方でなにか思い出したのだろう、微《かす》かに表情がやわらいだ。

「渡英して一、二ヵ月ほどたった頃だったか、あるとき帰宅してみると当時住んでいたアパートメントの部屋の前で見知らぬ男が寝ていて、それがディディエだった。その後しばらく同居した」

「――は？」

久遠の話は簡潔すぎる。それが事実であれば不審者だ。にもかかわらず同居に至るなど、普通では考えられない。

そもそもディディエはなぜ玄関先で寝ていたのか。

説明を求めて久遠をじっと見つめる。

「俺が住んでいたのは、ディディエがバックパッキングに出る前に住んでいた部屋だった。新居を見つけるまでという条件で住まわせた、それだけだ」

こんな話に興味があるか？　とでも言いたげだが、大ありだ。経緯がわかると、ますます驚かずにはいられない。

「すんなり受け入れたんだ」

よほど馬が合ったのか。それとも、ディディエに同情したのか。

「玄関に居座られるよりマシだ」

だとしても、本気でどうにかしたいなら管理人に苦情を入れるなり警察に通報するなり、他に方法はあったはずだ。

きっとディディエから聞けば、別の印象を受けるのだろう。近々お礼がてら電話をしてみようと決め、久遠が食べ終わるのを待っていったんテーブルを離れた和孝は、小さな箱を手にして戻る。

「モロッコ土産」

ふたつ並べてテーブルに置き、蓋《ふた》を開けてみせると、それを見た久遠がひょいと肩をすくめた。

「ディディエに売りつけられたか」

「ちがう。だから、単にお土産。でも、お互い装飾品って柄じゃないだろ？　ちょうどキーホルダーがあったからそれにした。かなりまけてもらったし、なんの念もこもってないから安心して」

幸運を引き寄せたいとかお守り代わりとか、そういう意図で買ったわけではなかった。話したとおり、お揃いのTシャツやグラスを買い込んだのと同じで土産のひとつだ。

といっても、久遠になにか特別なものをと思ったのは間違いない。

互いの誕生石をはめ込んだ、プラチナのキーホルダー。ディディエから買うことにも意味があった。

「念？」

久遠が笑う。

「そ。念なら、石じゃなく、本人に向かってこめる」

ロマンよりもリアルが大事だし、遠くで幸運を祈るよりも、傍《そば》にいて悪態をつくほうが性に合っている。今回離れたことで、よけいにそれを実感した。

「車のキーにでもつけて」

一方の箱を久遠の前へ押しやる。

「気に入った？」

「ああ。さっそくつけよう」

「うん」

多少の照れくささから鼻の頭を掻《か》いた和孝は、今度はTシャツを押しつけた。こちらは半分ネタだ。

「黒とオレンジ、どっちがいい？　残ったほうは必然的に沢木《さわき》くん用になるんだけど」

「二枚とも沢木にやってくれ」

「そうはいかないから。なぜなら、俺ともお揃いだからね」

椅子《いす》から腰を上げ、久遠の前へ回り込むとネクタイを解き、続いてワイシャツの釦《ボタン》も外していく。目の前でTシャツの試着をさせてやろうとしたのだが、半裸の久遠の姿にはたと我に返った。

「あとは自分で」

その一言でTシャツを押しつけ、身を退《ひ》く。久遠の裸にときめいてしまったから、などと言えるわけがない。

なんて恥ずかしい奴《やつ》だ。なによりこんなときに不謹慎にもほどがある。と、心中でこぼし、椅子に戻ろうとした和孝だが、腰に腕が回ったせいでその場を動けなくなった。

「ここまで脱がしておいて、よそ見か？」

覗《のぞ》き込まれて、今度は顔ごと背ける。物欲しげな目つきになっているだろうことは、自分が誰よりわかっていた。

「……手を離してほしいんだけど。久しぶりだから、やっておきたいこともあるし」

もちろんやっておきたいことなどあるはずがない。目の前にいる久遠のことで頭はいっぱいだ。

「俺がいるのに？　つれないな」

「……いや、だから」

一応空気を読んで、とも言いづらく、口ごもる。

なんとかはぐらかそうとしたものの、久遠が台無しにした。

「欲しがってるのは俺だけか？」

耳元に唇を寄せ、熱く囁《ささや》いてきたのだ。

「…………」

所詮、自分などどこの程度だ。久遠のたった一言で一喜一憂するし、自制心など初めからないも同然だった。

「そんなわけ、ないだろ」

観念して、視線を久遠へ戻す。身体を密着させ、久遠の体温や匂いを直接感じただけで胸が高鳴り、身体が震えてしまうがなくなる。

一ヵ月離れていたから、というのを言い訳にして、いっそう身体を押しつけた。

大きな手が髪に触れてくる。

「そういえば言ってなかったな」

おかえり、と耳元で囁かれてしまってどうして我慢できるだろうか。抱き合っているだけにもかかわらず、すでに自分の身体の変化に気づいていた。

即物的にもほどがある。情緒の欠片《かけら》もない。

「俺って……」

正直になれば、いますぐにでも押し倒したかった。なにもかも後回しにして抱き合いたい、と言えば久遠は笑うだろうか。

「いいから、顔をよく見せてくれ」

大きな手で頰を包まれてはなおさらだ。

「なら、俺も見る」

むしろこういうときだからこそ久遠の熱を肌で感じて安心したい。

観念して久遠の上に跨《また》がり、ほんの数センチの距離で久遠を見つめる。端整な顔立ちに、疲労のせいか色気が加わり、ひどく煽情的だった。

「……久遠さん」

欲求のまま唇を寄せる。

「そういえばもうひとつあったな」

触れ合う寸前でそう言った久遠が、声のトーンを低くした。

「そろそろ恋しくなったか、だったか。ずっと恋しかったよ」

「――」

唇に直接甘く囁かれると、もはやどうしようもなくなった。

もういい。不謹慎だろうと非常識だろうと、惚《ほ》れた男が目の前にいて我慢できるほうがどうかしている。

「……久遠さん」

吐息を乱した和孝は、今度こそ唇を触れさせた。いったん口づけると一気に昂《たか》ぶり、息が乱れる。興奮のため、身体が熱く燃えた。

一ヵ月も離れ離れだったのだから、当然と言えば当然だ。触りたい、触ってほしいと、それだけで頭がいっぱいになる。

「和孝」

自分を呼んでくる久遠の声は上擦っていた。久遠も自分と同じで昂揚《こうよう》しているのだ。そう思うと堪《たま》らず和孝は自らシャツを脱ぎ捨てた。

外気に触れた肌が粟立《あわだ》つ。それ以上に、久遠を直《じか》に感じて震える。

夢中で口づけながら、肌を押しつけた。

「寝室に行けなくなるが……いいのか?」

数秒が待てない。迷わず頷く。そうする傍ら、身体を密着させ、久遠の背中を両手でまさぐって誘った。

その甲斐《かい》あってか、口づけが深くなる。後頭部に手を添えてきた久遠は口中を隅々まで探ってくると、馴染《なじ》んだ手順で和孝のパンツを解放し、下着の中へ触れてきた。

「あ……」

それだけで、脳天が痺《しび》れるほどの快感に襲われる。何度か扱《しご》かれ、指で先端を刺激された瞬間、一度目のクライマックスを迎えていた。

「嘘……ごめ」

まだシャツを脱いだばかりだ。あまりの呆気《あっけ》なさに恥ずかしくなるが、すぐにそれどころではなくなった。

「続きをしてもいいよな」

耳元で囁いてきた久遠が、自身を押しつけてきたのだ。

布越しでも熱が伝わってくる。硬く勃《た》ち上がっている久遠のものを感じてたまらなくなり、両手をそこへやった。

スラックスの上から愛撫《あいぶ》する。

「……すご」

いっそう質量を増した中心に知《し》らず識《し》らず喉《のど》が鳴った。

「直接触ってくれないのか？」

触りたいに決まっている。

震える手でスラックスの前をくつろげると、そこを両手で包み込んだ。指を絡ませ、滲《にじ》んできたぬめりを砲身に擦《なす》りつけるようにしてゆっくり動かしていった。

「……熱い」

「熱いのは好きだろう？」

「好き」

一度達したあとにもかかわらず、その頃にはふたたび和孝自身も熱を取り戻していた。が、それより体内が切なく疼《うず》いてたまらない。

自然に腰が揺らめいた。

ねだる必要はなかった。久遠は自身の指を濡《ぬ》らして、後ろへ触れてくる。そして、ゆっくり開くと、長い指を挿入してきた。

久しぶりのせいか、指一本でもきつい。でも、すごくいい。

「あ」

浅い場所を探られると、自《おの》ずと久遠への愛撫にも熱がこもる。自分の手のなかで限界まで育ち、濡れていくさまが愛《いと》おしかった。

「あ、いい」

指が二本に増やされる。根元まで挿入され、内壁を擦《こす》られながら奥を刺激されて、勝手に脚が開く。

もっと深い場所を刺激してほしくて、じれったかった。

性器を久遠に押しつけながら、快感に胸を喘《あえ》がせ、ねだる。

「も、ほし……」

「ああ、俺もだ」

普段よりも少し掠《かす》れた声も欲求に繋《つな》がる。久遠に請われるまま両手を背中に回すと、あとは望みが叶《かな》うのを待てばよかった。

「痛いだろうが、悪い。堪《こら》えてくれ」

そう言うと久遠は指を抜き、その手で自身を擦り立ててから入り口に押し当てる。

「あ、ぅ」

すぐに強引にそこを割り、抉《えぐ》り、少しずつ確実に内側へもぐり込ませてきた。

「う、うぅ……あぁ」

「大丈夫。うまくいってる」

無意識のうちに滲んだ涙を舐《な》めとりつつ宥《なだ》められ、苦痛はあるのに、身体は言いようもなく久遠を欲していた。むしろ急《せ》いているのは自分のほうだ。

快感に支配され、眩暈《めまい》すら覚える。

「すごくいい」

和孝、と吐息混じりに呼ばれると身も心も蕩《とろ》け、悦《よろこ》びでいっぱいになる。狂おしいまでの飢えを満たすことができるのは、久遠だけだ。

「あぁ」

久遠の肩口に額をくっつけたとき、耳朶《じだ》に吐息が触れた。

「わかるか？　全部」

甘さを含んだ声に、震えながら肩口で頷いた。

「う、ん……わかる。すごい。どくどくしてる」

隙間《すきま》のないほど密着し、力強い脈動を味わう。久遠とのセックスが好きなのは、快楽以上にこういう部分だとあらためて実感した。

久遠の体温や匂いに包まれることは、自分にとっては重要だ。たいがいのことなら、抱き合うだけで解決できる。

どちらからともなく口づけを再開し、身体を押しつけ合い、揺する。互いを与えて、奪う行為に夢中になった。

「あ、あ……いい」

荒い呼吸と声を口移ししつつ、貪《むさぼ》る。強烈なまでの快感に背筋が震え、脳天まで甘く痺れた。

二度目もあっという間だった。いく、と訴えた直後、久遠の腹で擦られた性器から絶頂の証《あかし》を思うさま吐き出す。

きゅうと、これまで以上に体内の久遠を締めつけた瞬間、いっそう深い場所まで穿《うが》たれた。

同時に、最奥の性感帯を飛沫《ひまつ》で焼かれる。

その快感は凄《すさ》まじく、ああ、と背筋をしならせて極みの声を上げた。

鼓動が混じり合い、もうどちらのものなのかわからない。乱れた呼吸も、汗で濡れた肌ですら境目が曖昧《あいまい》になり、陶然と身を預けた。

「すごい……早かった」

「だな」

こめかみや頬に口づけられながら、くっと小さく吹き出す。一度笑い始めると止められない。

「相変わらず、獣っぽいよな」

欲望まみれ、という意味でそう言う。

同意のつもりか喉元に唇を滑らせた久遠が、軽く歯を立ててきた。その後、宥めるようにそこを舐められると平静ではいられない。

二度吐き出して多少落ち着いたつもりでいたのに、簡単にその気にさせられる。足りないのは久遠も同じだったようで、一度身を退き、寝室に移動したあと邪魔な衣服を取り除くと、また息が触れ合う距離で見つめ合った。

「俺、考えてたんだけど」

久遠の髪を梳《す》きながら、鼻先に口づける。

「こうなったら、俺なしではいられなくしてやろうって。そしたら、もう一ヵ月も放《ほ》っとく気になんてならないだろ？」

久遠が喉で笑った。

「これ以上にか？」

「そう」

二度と離れるのはごめんだ。傍にいて身を案じるのも、抱き締めて癒《い》やすのも自分の役目なのだから。

「なにかしてほしいことある？」

なんでも望むままに、とつけ加える。

つかの間、思案のそぶりを見せた久遠は耳にぴたりと唇をつけてから、やわらかな声で囁いた。

「俺の傍にいてくれ」

予想だにしていなかった一言に、和孝は震える。心も震えて、情動のまま久遠に抱きついた。

「そんなの簡単」

それこそが自分の望みなのだ。久遠とともにいれば、どんなときでも自分はずっと笑っ

ていられる。

たとえなにがあろうと大丈夫、そんな確信があった。

ふたりがふたりでいる限り。

「それとは別に、せっかくだから頑張ってもらうか」

「……いま俺、チョロいよ」

久遠の要望に応《こた》えるため実行に移した和孝だったが、長くはもたなかった。いくらもせずに自分が夢中になり、喘ぎ、乱れるはめになった。

数えきれないほどくり返してきた行為でもまだ知らないことがあったらしい。新たな快楽を教えられ、爛《ただ》れた時間を過ごしたのだ。


久遠が事務所に戻るために部屋を出ていってからおよそ三十分後、和孝はスクーターで夜の街を走っていた。

目指す場所は、もちろんPaper Moon《ペーパームーン》だ。

Paper Moonをできるだけ早く再開させたいと考えているうちに、すぐにでも店に行かなければと、居ても立ってもいられなくなった。

まずは掃除をして、綺麗《きれい》になった店に津守《つもり》と村方《むらかた》を呼びたかった。

引っ越しをして以降、ようやく街並みに慣れてきた頃にモロッコへ飛んだせいか、目に映るものなにもかもが新鮮だ。

建物。駅。そこに出入りする人々。

以前とは少しちがう印象を抱くのは、気持ちの変化の表れか。

そういえばここでもトラブルがあったなと、交差点まで来たときに思い出す。こうなってみると、あれは起こるべくして起こったのかもしれない。

田丸《たまる》のことをそうと気づかないうちから意識していたのは、あまりに境遇が似ていて自分と重ねやすかったのだ。

おそらく田丸もそうだったから、危険を承知でこの場所に現れたのだろう。

だからこそ、田丸がどういう結末を迎えようとも同情するつもりはなかった。なんであろうと自分自身が選んだ結果なら、案外本人は納得するにちがいない。

感慨に浸ったのもわずかな間、信号が赤から青に変わるとすぐスロットルを握る。

もう少しで到着する。そう思うと鼓動が高鳴った。

大通りに面したオフィス街から横道に入る。カフェ、昔ながらの喫茶店、バー。何軒かある店を過ぎると、まもなく我が城だ。

「あれ？」

外観が視界に入ると同時に、その事実に気づく。

見間違いかと一瞬思ったけれど、そうではない。外灯は消えているが、明かりが――店内から漏れているのだ。

「もしかして」

店の前まで来ると、疑いようがなかった。厨房《ちゅうぼう》に立つふたりの姿が窓から見える。慌ててスクーターを降りた和孝は、勢いよく店のドアを開けた。

津守と村方、ふたりの視線が同時にこちらへ向く。一瞬、時間が止まったようだった。

最初に声を上げたのは村方だ。

「わあ！　オーナー！」

厨房から飛び出し、ぎゅっと抱きついてきた。

「なんで……ここに」

和孝も抱き返す。が、驚きが大きくて、混乱していた。

「幻じゃないですよね。本物ですよね。触れますもんね」

興奮ぎみに捲《まく》し立てる村方に、津守が笑う。

「三人で同じ幻を見るとかないだろ」

津守の言うとおりだった。これは幻なんかではない。

ふたりを呼びたくて店に来てみたら、そこにはもうふたりがいた。こんなサプライズがあるだろうか。

「……びっくり、した」

和孝がそう言うと、

「こっちこそです。もう……びっくりしすぎて、僕、泣きそうです」

肩口で村方は、すんと洟《はな》をすすった。

「泣きそうって、泣いてるじゃないか」

「だって、だって……オーナーが元気で帰ってきたんですよ！　こんなの、泣いちゃうでしょう」

子どもみたいにぐすぐすと泣く村方を前にして、和孝も熱いものが込み上げてくる。もらい泣きなんて、初めての経験だ。

「とにかく落ち着こう」

そう言う津守にしてもやはり村方につられたのか、時折声が上擦る。だが、さすが硬派の津守だけある。

「俺がコーヒーを淹《い》れるから、話をしよう。ビールといきたいが、柚木《ゆぎ》さん、スクーターだからな」

場を仕切り、厨房に引っ込むとコーヒーを淹れ始めた。いくらもせずにコーヒーの香《かぐわ》しい匂いが店内に広がり、おかげで多少冷静さを取り戻す。村方と顔を見合わせて照れ笑いをしたあと、いつものようにカウンター席に三人並んで座った。

紙ナプキンで洟をかむ村方の隣で一口コーヒーを飲むと、自然にほっと息がこぼれた。三人揃ったことでやっと居場所に戻れた、そんな安心感に浸る。

自分にとってPaper Moonは仕事場であると同時に、もうひとつの家でもあった。三人の、という意味ではシェアハウスだ。

「ふたりは、今日なんでここに？」

偶然だとすれば、相当な確率だろう。今日、三人同時に店を訪れるなど、普通ならあり得ない。

「今日だけじゃなくて、毎日ここに来てるから」

「……そうなんだ」

津守の返答で偶然ではなかったらしいと知り、なおさら驚く。休業中の現在、ふたりが店に通ってくる理由があるとすれば——思い当たるのはひとつだ。

「だって、オーナーが帰ってきたとき、埃被《ほこりかぶ》ってたんじゃ厭じゃないですか。だから毎日夕方に集まって、僕が修業がてら夕飯を作って、津守さんはカクテルの練習をしてたんです」

厨房に目をやると、そこには洗ったばかりの食器やシェーカーやグラスがあり、村方の言葉を証明している。

毎日掃除ばかりか、ふたりとも先を見据えて努力をしていたのか。そんなことまで考えていなかったので、どういう表情をしていいのかわからず、和孝はカウンターに突っ伏《つぷ》した。

「もう……なにやってるんだよ。これ以上俺を感激させて、どうするつもりなんだ」

いいや、そうではない。ふたりならばいくらでも予想できた。どんなときでも支え、見守ってくれた仲間だ。

「オーナーの番ですよ。土産話、聞かせてください」

村方に促され、和孝は謝罪から入る。

急に、黙って消えたにもかかわらず手放しで歓迎してくれて、どれほど嬉《うれ》しいか、感謝しているか、何度礼を言っても足りないくらいだ。

「本当にごめん。ふたりには迷惑ばかりかけて。あと、ありがとう」

だが、謝罪も礼も一度で終わった。

「やめてくださいよ〜」

村方に止められ、

「俺らが聞きたいのは土産話だしな」

津守にもそう言われると、いつまでも後ろを向いているわけにはいかない。一ヵ月間の出来事を口にのぼらせる。

「じつは、モロッコにいたんだ。モロッコの小さな港町で暮らしてた。あ、お土産買ってきたから、明日持ってくる」

　こうなるとわかっていたら土産を持参したのに、と思ったが、ふたりが興味を引かれたのは当然、モロッコのほうだ。

「モロッコ！」

「モロッコか」

　身を乗り出す勢いで先を促され、どこから話していいのかまとまらないままモロッコでの生活について口にのぼらせていく。

　おそらく日本を出なければならなかった事情は察しているはずなので、なぜモロッコだったのか、そのあたりの事情から始めた。

「いいな～、モロッコ！　雑貨とか可愛《かわい》いんですよね。街並みも素敵だし。僕もいつか行きたいです」

　村方が両手を組み、瞳《ひとみ》を輝かせる。

「まさかだろ……ついてったのか。やばいな、榊さん」

　津守はこちらのほうが衝撃的だったようで、両手で頭を抱えた。

　そして、ふたりがなにより興味を持ったのが、ディディエ・マルソーだ。久遠の旧友で、宝石商兼翻訳家。

国外へ逃げなければならなくなった原因はさておき、ディディエと出会えたことには感謝している。連絡を密にとっていたわけでなくても、過去のみならず現在においても、ディディエは久遠にとって信頼できる友人なのだとわかった。

他者とのつき合いは年月の長さだけではないと。

そして、あらためてディディエにも久遠との出会いのきっかけを聞いてみたい。きっと久遠がしてくれたのとはまったくちがう話になるはずだ。

愉《たの》しみだと頬を緩める。

「ディディエさんの写真見せてくださいよ」

「あ……そういえば、一枚も写真撮ってなかった」

「え。もしかして景色とか一枚も？　モロッコなのに？」

本当にそうだ。村方に指摘されるまで、写真のことなど頭になかった。

「観光で行ったわけじゃないんだぞ」

「それはそうですけど！　普通なら一枚くらい撮りますよね」

唇を尖《とが》らせた村方に、津守が苦笑いをする。

何度も目にしてきた光景だ。

「ふたりは、仕事は？」

これには、同じ返答がある。

と。

「実家でアルバイト」

村方の父親は弁護士だ。津守はもともと実家の警備会社で働いていたので、そこへ戻っていたのだろう。

「でも、アルバイト生活は終わりだな」

津守がそう言い、

「やっと雑用から解放される」

万歳と村方は両手を上げた。

「仕切り直しができそうだ」

「仕切り直しといきましょう」

これ以上ないタイミングで切り出されたふたりの言葉を、和孝は嚙《か》み締《し》める。

今日、ここへ来たのはこのためだ。

期待のこもったふたりの視線を受け止めながら、一度深呼吸をする。そして、和孝は大きく頷いた。

「うん。三人で仕切り直そう」

みなでハイタッチする。まだすべてが片づいたわけではないし、もしかしたら今後も災難は降りかかってくるかもしれない。だが、いま、この瞬間は喜びにあふれていた。

「そうだ。宮原《みやはら》さんを呼びません？　仕切り直しをするのに仲間外れにされたと知ったら、宮原さん、拗《す》ねちゃいますよ」

声を弾ませて携帯を手にする村方に、和孝は頬を引《ひ》き攣《つ》らせる。帰国してから丸一日と少し。図らずも津守と村方とは再会できたものの、いまだ誰にも連絡していなかったことを思い出したのだ。

帰国早々いろいろあったとはいえ、あまりにひどい。

「その顔は——なにを言おうとしているのかわかったぞ」

察したらしい津守が、村方を制した。

「よし。じゃあ、ここで電話しよう。宮原さんを呼んだあとは、聡くん、冴島先生、孝弘くん。それでいいな」

「……はい」

素直に津守が提案してくれたとおり電話をかける。ふたりが傍にいてくれたおかげで心強く、後ろめたさも薄れ、愉しい報告になった。

「うん。ごめんな。合唱コンクールに行けなくて——ああ、もちろんだ。孝弘ならいつでも歓迎するに決まってるだろ。明日、待ってる。俺も嬉しいよ」

ひとりひとりに電話をかけながら、これほど大事なひとたちがいる幸運をあらためて実感する。

ほんの十年ほど前まではひとりで生きていけると信じていた。だが、それは大きな間違いだった。

ひとりでできることなどたかが知れている。

みなの声を聞き、あたたかな気持ちで電話を終えた和孝は、笑顔のふたりを前に心中で誓う。

愛する人たちがいてこその人生だ。

愛する人たちのために強くなろう。

ここからがリスタートだ。頼もしい人たちに囲まれた宝物のようなこの先の日々を想像して、和孝の胸に満ちたのは大いなる希望だった。

シークエル

音もなく開いた扉から細身の男が個室に滑り込む。

院内にたったひとつの特別室は広く、トイレ・シャワー室完備、五十インチのテレビに冷蔵庫、応接スペースと、まさにホテルライクの快適な仕様になっていた。

患者は昨日ICUから移されたばかりで、いまだ意識が戻っていないために特別室は宝の持ち腐れとも言えるが、他の入院患者、見舞客からの隔離を急がなければならない事情が、病院側、患者側双方にあった。

男はベッドに歩み寄り、人工呼吸器のついた顔を覗《のぞ》き込む。患者自身のバックボーンを鑑《かんが》みれば意外なほどその顔は安らかで、

「まるでもう死んでるみたいだな」

男が皮肉めいたうすら笑いを浮かべるのも無理からぬことだった。

患者の名は、三島辰也《みしまたつや》。

結城《ゆうき》組の組長にして、不動清和会《ふどうせいわかい》現会長だ。

対して侵入者は、田丸慧一《たまるけいいち》。彼が前会長の嫡子であることが、内部抗争に与えた影響はけっして小さくはない。

稲田《いなだ》組で軟禁状態にあったはずの田丸がなぜ自由の身になり、病室に忍び込めたかについてはおそらく取《と》り沙汰《ざた》されないだろう。

誰が解放したのか、どうしてなのか。

今後もその事実を知るのは、解放した当人と田丸のふたりきりだ。

「こうなってくると、気の毒に思えてくるな。手下はずいぶん薄情じゃないか。見張りはたったひとり。そいつもさっき女に誘われて、ほいほいついていったよ。いま頃トイレかリネン室にでもしけ込んでるんじゃないかな」

田丸が手首の腕時計を、眠ったままの三島へ示す。

「あと三十分は帰ってこないだろうし、時間はたっぷりあるから俺と少し話そうか。こんな機会、なかなかないし」

無論、三島からの反応はない。

裏社会のボスも、こうなればただの中年男だ。

「それにほら、意識はなくても耳は聞こえてるって話、よく聞くだろ？」

そう言うと田丸は椅子《いす》を引き寄せ、そこに腰を下ろした。

「俺、正直言うと、あんたのこと嫌いじゃなかった。がつがつしてるところ？　会長になっても満足できず、己の欲に忠実っていうの？　なに考えてるかさっぱり読めない鉄仮面より、よほど親近感があった。信頼はできなかったけど」

田丸がくすりと笑う。

「思い出した。親父《おやじ》が三代目の座についてから、初めてあんたと顔合わせしたとき――あれって、正月だったかな」

独り言にもかかわらずどこか愉《たの》しそうなのは、過去の出来事を思い出しているからのようだった。やくざの家に育った田丸にしてみれば、出入りする男たちは目の前の肉に涎《よだれ》を垂らしているゾンビの集団にでも見えていたのかもしれない。

「なんなの、あれ。大の男がぞろぞろと集まってきてさ。茶番以外のなにものでもなかった。作り笑いを浮かべていても、あんたの目には野心が覗いていたし。あんただけは俺がすぐに取って代わってやるって目つきで、親父のこと見てたよな。けど、あの頃は、おべっかを使う他の奴《やつ》らよりよほど格好いいって思ったね。腰抜けよりよほどまともだった。ああ、ごめん。喉《のど》が渇いたから失礼するな」

田丸は上着のポケットから出したスキットルに口をつける。中身は度数の高い酒のようで、小さく呻《うめ》き、ふうと息を吐き出した。

「点滴だけじゃ味気ないと思って、差し入れ持ってきた」

その一言とともに椅子から腰を上げる。スキットルを手に歩み寄ると、酸素マスクを外し、三島の口にそれを垂らした。

ふたたび酸素マスクを戻したものの、鼻からずれてしまっていることはどうでもいいようだ。

「どこまで話したっけ――まあ、なんでもいいか。ともかく、俺はあんたの仕打ちをこの際許そうと思うって言いにきた。もともとあんたは狡猾《こうかつ》だったもんな。信じた俺が悪い。水に流すよ」

ぽんと三島の肩を叩《たた》く。

「あんたの不幸は、同じ時代にあの鉄仮面がいたことなんだよな。あいつがいなかったら、結果はちがったんじゃないかな。同情する。俺もあいつ、大嫌いだし。だからさ」

言葉どおり同情的な表情で首を横に振ってから、田丸が胸ポケットから取り出したのは――注射器だ。

「これは、俺からのせめてもの情けだと受け止めてほしい。会長まで昇りつめた男が、みっともない姿をさらしたくないだろ？　部下たちだって、きっと見たくないと思うんだ」

田丸は無言でそれを点滴の薬剤に突きさし、ゆっくり注入すると、再度時計を三島に示した。

「そろそろ迎えの来る時間だ。俺は行くよ。もう会うこともないと思うけど」

右手を上げ、そう言うが早いか踵《きびす》を返す。入ってきたとき同様、するりと出ていったあとは、もとの静かな特別室になった。

人工呼吸器の音だけが響く、空間に。

異変に気づいた看護師や、見張り役が戻ってきたときにはすべて終わっていた。週刊誌報道に端を発した裏社会の抗争は、始まったとき同様あまりに呆気《あっけ》なく、主役の降板という形で幕を下ろしたのだった。

いまだ混乱がおさまらないなか、会長不在のまま不動清和会の執行部幹部会が開かれたのは、三島が亡くなってから一週間後のことだった。

招集をかけたのは顧問の鴇田《ときた》で、役員を外されたはずの久遠《くどう》もその場に呼ばれ、列席していた。

若頭の後任が決まっていない状況にあって、会長も不在となったいま、不動清和会はこれまでにない苦境に立たされている。

下手を打てば、空中分解してもおかしくない。そうなれば国内の他組織はもとより海外マフィアも首を突っ込んでくるだろうことは火を見るより明らかだった。

ただでさえ、裏社会のトップの死はセンセーショナルに扱われ、日々マスメディアを賑《にぎ》わせているのだ。

裏カジノ、ドラッグの売買等続々と三島の悪事が報じられたばかりか、木島《きじま》組を標的にした一連の騒動の黒幕は三島だったと不動清和会内外で噂《うわさ》が広まり始めた。表立って確認する者はいないが、それだけに信憑性《しんぴょうせい》は高いとの認識だ。

三島は選択を間違えた、この一言に尽きると久遠は考えている。野心と引き換えに、組という家をあきらめ、捨てたことが根本の原因だろうと。

もともと家族と縁の薄かった男にとって、家や家族は砂上の楼閣にも等しかったのかもしれない。

「集まってもらったのは他でもない」

顧問が重い口を開く。

みなの表情は硬い。

久遠のみならず、同席している誰しもが現状に危機感を抱いていた。

「若頭はともかく、早急に会長を決めねばならん。うちのシマでも、はなぶさの奴らが我が物顔でうろつくようになった。この状況が続けば、不動清和会ははなぶさ――いや、あちこちから群がってきたハイエナに跡形もなく食い散らかされてしまう」

鴇田の語調が厳しくなるのも当然だ。

三島が意識不明の重態に陥った当初、即座に緘口令《かんこうれい》が敷かれた。一部の上層部のみが知らされていたが、亡くなったとなればそうはいかない。

しかも公には伏せられているが、死因は毒殺だ。

死亡推定時刻に病院へ入る田丸慧一の姿が確認されているものの、当人は行方不明。とっくに高飛びしているだろうというのが警察、裏社会の共通見解となっている。

四代目の初七日をすませた以上、一刻も早くごたごたをおさめ、会を立て直す必要があった。

いまや不動清和会の威信は地に落ちたといっても過言ではない。誰の仕業か、裏カジノで起こった一連の騒動が動画サイトにアップされた。

結城組が裏カジノを経営していた事実だけでもまずいというのに、そこには三島と有坂《ありさか》の顔、攻防が明瞭《めいりょう》に映っていた。

無論音声も入っていて、コメント欄は荒れに荒れた。

やくざ同士の命の取り合いというだけなら、まだどうにかなっただろう。しかし、その動画は、アップした主によって意図的に裏カジノにいた客の顔が隠されていて、その事実が火に油を注ぐ結果となった。

現在動画は削除済みとはいえ、警察も介入したと聞く。

無論こちら側も無傷とはいかなかった。

結城組から逮捕者が出たばかりか、田丸慧一の父親、稲田組の組長である鈴屋《すずや》、久遠自身もすでに二度、事情聴取に呼ばれている。

本来真っ先に聴取、逮捕となるはずのもうひとりの当事者、有坂はいまだ意識が戻っていないため、騒動がおさまるにはいましばらく時間を要するだろう。

黒木がかかわっていたせいで警察の動きが鈍いいまのうちに、鴇田の言うとおり、一刻も早い立て直しが最優先事項だった。

「僭越《せんえつ》ながら、ここは儂《わし》が音頭をとらせてもらう。いつもどおり推薦制でいいな」

鴇田がみなを見渡す。

「ちょっといいですか」

鈴屋が挙手した。

「もう推薦とか入れ札とか必要ないんじゃないですか、と言いたいところなんですが、ここはあえて手順にのっとるべきだという顧問の意見に賛成です。ただし、無駄を省いて時間短縮でやってはどうでしょう」

役員のなかではもっとも若い鈴屋の意見に、異を唱える者はいない。この状況を打破するにはどうするのが最善なのか、この場にいる全員が同じことを考えているのだ。

顧問が深く頷《うなず》いた。

「儂も鈴屋と同じ意見だ。一週間。それ以上は待てん。推薦は前日まで受けつける。もし推薦したい者がいるなら、いまこの場で申し出てくれても構わん」

そして、一拍の間の後、おもむろに切り出した。

「儂は、顧問としての立場で、五代目には久遠を推挙する」

役員を外された者など論外だ。と、三島がこの場にいれば一蹴《いっしゅう》したはずだ。

通常であれば、他の役員からも反対意見が上がるはずだが、異常事態とも言える現在、誰一人口を開く者はいない。滞りなく話はまとまる。

「では、一週間後の同じ時刻に入れ札を行う」

顧問のその一言を最後に散会となり、みな無言のまま顧問宅を辞する。

緊迫した空気は最後まで変わらなかった。会の苦境という以外にも、四代目の喪に服する気持ちが多少なりともあるからにちがいなかった。

人望の篤《あつ》かった三代目とは異なり、三島辰也を恐れ、忌避している者は多かった。一方で、三島ほどやくざらしいやくざはいなかった。

そう考えると、時世に合わなくなったやくざは淘汰《とうた》されて当然とも言える。

「ひとつ、賭《か》けませんか?」

玄関へ向かう久遠に、鈴屋が肩を並べてきた。

「賭け?」

どこか愉しげな様子は、叔父である三代目がこぼしているようにまだ学生さながらだ、と久遠は苦笑する。

「ええ。入れ札が行われるかどうか。俺は、ないほうに賭けます」

「やめておいたほうがいい。三代目の耳に入ったら、また叱《しか》られるぞ」

「……う」

どうやらこの一言は効いたようだ。鈴屋の笑顔が途端に固まる。きょろきょろと周囲を見回したあと、はあ、と肩を落とした。

「確かに。やることなすことバレるんですよ。どうしてだと思います？」

おそらくそれは、息子への後悔があるせいだ。過剰に鈴屋を構うのは、三代目自身が自覚しているかどうかはさておき、埋め合わせの意識があるのかもしれない、と思ったが、双方のために黙っておいた。

「さあな」

先に鴇田宅を出た久遠は、車の傍《そば》に立っていた沢木《さわき》の開けたドアから後部座席へ身を入れ、帰路に就く。

「どんな様子だった？」

久遠の問いかけに、この数日間と同じ返答を沢木はした。

「まだ……眠ってます」

沢木は連日有坂を見舞っている。木島組に入る前の沢木がまだ一匹狼《いっぴきおおかみ》だった頃、見込みのある奴がいると話を持ってきたのが有坂だった。

組は家、組員は家族。

木島の代からその意識が染みついている組員にとって有坂は長兄、沢木にしてもそれは同じだった。

「そうか」

久遠には――別の側面もある。まさに同じ釜《かま》の飯を食ってきた同胞であり、ともに戦ってきた戦友とも言える。

「心配しなくていい。有坂は、誰より組のことを思っている男だ」

そう声をかけると、沢木の肩が震える。

久遠自身、微塵《みじん》の疑念もない。信じる理由は、有坂という男をよく知っているから、それに尽きる。

裏切ったと本人はしきりに口にしたが、有坂の心情は痛いほど伝わってきた。木島の遺《のこ》した組を守りたいと、その思いが人一倍強かった有坂だからこそ、もうひとつの道を模索した結果だったのだ。

たとえ我が身を犠牲にしてでも。

「……はい。俺も、そう思います」

南川《みなみかわ》というフリーの記者が書いた記事に端を発した一連の騒動が木島組に与えたダ

メージはけっして小さくはなかった。現在進行形で警察の捜査対象になっているし、大きな犠牲も払った。

組員全員の心に傷を残したのは確かだ。

上総《かずさ》を筆頭に上層部がひとりひとりのケアに当たっているが、有坂を信じたいというのはみなの総意と言って間違いない。当人の意識がいまだ戻らない状況にあるため、なおさらその思いは強かった。

有坂――。

眠ってる場合じゃないだろう。早く目を覚ませ。久遠は有坂の顔を思い描き、胸中で呟《つぶや》いた。

事務所に到着し、玄関のドアから一歩中へ入った途端目を見開く。というのも、そこには組員が列をなしていて、久遠の帰宅に一斉にこうべを垂れたのだ。

非効率的な行動を禁じているため、普段は見られない光景だ。しかし、どうやら今日ばかりは異例、特別らしい。

「お疲れ様です！」

その中心となっているのが、ムードメーカーの真柴《ましば》だった。一時は命を危ぶまれた真柴だが、意識が戻ってからは驚異的な回復力を見せ、先日無事退院となると、これまで以上に己の役目に邁進《まいしん》している。

水元《みずもと》、有坂のぶんまでとの、強い思いがあるようだ。

「役員でもないのにお声のかかった会は、いかがでしたか？」

満面の笑みで問われる。

質問攻めにしたくてうずうずしているのは真柴ひとりではない。この場にいる全員が期待をもって返事を待っていた。

維持するのがやっとという状態に結城組が陥ったことで、明確な敵を失ったいま、組員の望みはひとつ。

我が組長の五代目就任だ。

「いかがもなにも、一週間後の入れ札が決まった、それだけだ」

それをわかっていながら、久遠は素っ気なく返した。

実際、なにか決まったわけではない。今日の会合に呼ばれた、それ自体が組員にとっては重要だと承知していても、やはり時期尚早だった。

記憶障害以前の自分がどう考えていたのか知らないが、現状五代目の座に魅力を感じているかと聞かれると、答えはひとつになる。

そのため、なすべきことは決まっていた。

五代目になろうとなるまいと、自分に課せられた務めを果たす。木島の思いを継ぎ、家族を守るという重要な務めを。

その先についても、人生設計はほぼできていた。

「よし！　一週間後！」

「早く来い！」

「パーティの準備はできてるか」

まるで入れ札の結果が出たかのようにガッツポーズをする組員たちの様子をしばし眺めた久遠は、

「ほどほどにしろよ」

右手を上げてその場を離れ、エレベーターで上階へ向かう。自室へ入り、デスクについて一服しようとしたちょうどそのタイミングで、携帯が震えだした。

国際電話だ。

唇にのせた煙草《たばこ》にライターで火をつける傍ら、電話を受ける。

『元気そうで安心した。ジャパニーズマフィアのボスが亡くなったことは、こっちでもネットニュースになったよ』

頭の「H」が抜けがちになるフランス語訛《なま》りの英語には、懐かしさを覚える。昔話に興じるには早すぎるが、陽気なディディエを久遠は気に入っていた。

「あらためて礼をするつもりだが、世話になった」

すべてが終わるまでと預けた和孝《かずたか》は、結局自らの意思で帰国した。それでも、久遠にとっても木島組にとってもあの一ヵ月間は重要だった。

ディディエが引き受けてくれたおかげだ。

『てっきり、なぜ足止めしなかったのかって叱《しか》られるとばかり』

この言葉には、無理だとあっさり返す。

「あれは、一度決めたら退《ひ》くような男じゃない」

普通に暮らせば、知らずにすんだ数々の難事に直面して、和孝がどれほど悩み、迷ったか、理解しているつもりだ。愚痴や悪態を聞く程度ではすまされないことを自分が課していると自覚もしている。

だが、和孝には何度驚かされてきたか。両足を踏ん張り、唇を引き結んで耐える姿に心を動かされたのは一度や二度ではない。

『そうだね。彼はとてもクレバーで、ピュアで、タフだ』

「ああ」

『あと、美人』

「それも否定しない」

どうやらこの返答は意外だったらしい。ディディエは、Oh! と大げさな声を上げた。

『偉大でもあるな。アキにそんなふうに言わせるとは』

そのあと、ふふと笑う。

『最初にきみから彼のことを頼まれたとき、じつは組の重要人物なんだとばかり思ってたんだ』

ディディエから承諾の返事が来るまで、何度かやりとりをした。いまの一言は、仮に頼んだのが組関連の人間であれば、拒否する可能性もあったという意味だ。

『でも、ちがった。プライベートな頼み事だった。あのアキが、僕に！　助けてほしいと言うなんて！　鉄の心を溶かしたカズタカはやっぱり素晴らしいな』

しみじみと口にするディディエの頭のなかには、おそらく留学時代にともに過ごした際の記憶がよみがえっているにちがいない。

だからこその「あの」なのだ。

「まあ、そうだな。素晴らしい『カズタカ』が俺だけを優先する。惚《ほ》れる理由には十分すぎるだろう？」

意趣返しの意図もあって、そう返す。

『Ça alors!《サアロール》』

またしても感嘆の声が耳に届いた。

『いまのは聞き間違いじゃないよな。まさかアキから惚気《のろけ》を聞けるなんて！　ああ、今後のために録音しとけばよかった』

今後なにに使おうというのか。久遠は苦笑いで応じる。

「ディディエの頼み事は断らないから安心してくれ」

借りができたと続けたところ、ディディエは意外な言葉を発した。

『別の運命はいらない』

唐突な一言に、煙を吐き出しつつ首を傾《かし》げる。灰皿で吸いさしを一度弾《はじ》いたとき、その意味が告げられた。

『カズタカの言葉だ。それを聞いたとき、僕がどう感じたかわかる？』

ディディエは、穏やかな声でこう言った。

『アキ、きみが彼と出会ったのはきっと奇跡だよ』

久遠自身は根っからのリアリストだ。ディディエにもロマンスを解さないと嘆かれたことがあるし、実際そのとおりだった。

感傷的になることは無意味で、不利益ですらあると思っていた。

「そうかもしれないな」

だが、本来なら一笑に付すはずの「奇跡」という一言がすんなり耳に入ってくる。変わったのは考え方ではなく、感じ方だろうか。

誰のもとにも奇跡は起こると、信じるのも悪くない。

『カズタカによろしく伝えて。じゃあ、また』

「ああ、また」

電話を終えた久遠は、これまでの人生を脳裏によみがえらせる。十代、二十代の頃は、過去を振り返るたびに怒りがともなっていた。怒ることでモチベーションを保っていたと言っても過言ではない。

が、すでに怒りは失《う》せた。目的を果たしたから、というより怒り以上に大事な感情が存在すると気づいたためだ。

しかもそれは、いくつもある。

――別の運命はいらない、か。

その言葉をくり返した久遠は、やけに穏やかな心地で煙草をくゆらせる。俺もだ、とここにはいない和孝へ返答しながら、自然に口許《くちもと》を綻《ほころ》ばせていた。

怒りよりもずっと重要で、心地いい。

いまの久遠の本心だった。

日常が戻ってくる。普通とは言いがたいが、自分にとっては間違いなく日常風景だ。

「夢を見てた」

完全に目を覚ます前に隣へ手を伸ばし、体温を探る。硬い身体《からだ》に触れてから、ゆっくり瞼《まぶた》を持ち上げた。

「どんな?」

寝返りを打った久遠が、身体ごとこちらを向く。肌を寄せながら口を開いた和孝だが、

「忘れた」

結局気が変わってその一言ではぐらかした。

実際は、はっきり憶《おぼ》えている。モロッコ帰りが影響しているのか、それとも願望なのか、久遠とふたりで遠い異国の海辺の町にいた。

「忘れた?　本当に?」

首筋に口づけが落ちる。上目遣いで促されては拒み続けるのは難しい。くすぐったさに首をすくめた和孝は、渋々夢の内容を語った。

「モロッコがよかったからかな。南国でのんびりする夢を見てた」

太陽が肌を焼く感触まで残っている。あとは、その日焼けを久遠が面白がっていたことも。

「俺はレストランでアルバイトをしていて、久遠さんは——あれ、久遠さんはなにやってたんだろ。無職?　まあいいや」

本題はそこではない。

久遠の腕の中で、御伽噺《おとぎばなし》めいた夢の話をしていく。

「買い物したり、散歩したり、ふたりでビーチでのんびりしたりして過ごしてた」

「終わりか？」

「終わり。贅沢《ぜいたく》だろ？」

常にふたりきりという生活は、贅沢以外のなにものでもない。好きなだけ久遠の存在を感じ、思いのまま触れられる。

ときには喧嘩《けんか》もしながら、平凡な日々を積み重ねていくのだ。

やはり願望が見せた夢か。きっと、手に手を取って逃げ出したいという憧《あこが》れに似た気持ちがあるせいだろう。

けれど、それはいまではない。

ふっと久遠が目を細めた。

「確かに贅沢かもしれない」

その表情を間近にして、夢の一場面を思い出す。ずっと一緒にいて退屈じゃないかと聞いたとき、久遠がいまみたいな表情をした。

久遠の答えは憶えていない。だが、情を感じさせるその表情に、自分は胸をときめかせたのだ。

まったく現実でも夢でも――。

自身に呆《あき》れつつ、久遠の腕を抜け出した和孝は、形のいい額に唇を押しつけてからベッドを下りた。

「俺、このあと店に行くから、のんびりしてられない。久遠さんも出かけるんだよな？」

答えを聞く前にバスルームへ向かい、シャワーで頭をすっきりさせる。ドライヤーのスイッチを入れたちょうどそのとき、背後から手が伸びてきて、濡《ぬ》れたままの髪をくしゃりと撫《な》でられた。

それだけでバスルームへと消えていった久遠に、うっかり前夜のあれこれが思い出されたが、悠長に浸っている時間はない。浮ついた気分を振り払い、ざっと髪を乾かす。

その後はキッチンに立ち、朝食の準備にとりかかった。

今日は少しばかりボリュームのあるメニューにしたくて肉豆腐と小松菜のお浸し、ひじきの煮物、ごぼうサラダ、味噌汁《みそしる》の具はあさり。

手早く作り、久遠とふたりで食卓につく。

「会合、何時からだっけ」

「十三時」

「じゃあ、久遠さんもそんなにゆっくりしてられないじゃん」

ネクタイこそ締めていないとはいえ、すでに髪も整え、久遠はいつでも出かけられる出《い》で立《た》ちだ。

どれほど大変なときでも、暇なときであっても同じ。久遠ほど隙《すき》なく、堅苦しいスーツの着方をする人間に会ったことがない。息が詰まると思って当然、と少し前の自分に同情を覚えるほどだ。

「緊張する？」

この問いには、

「どうしてだ？」

と真顔で返ってくる。

「あー……聞いた俺が間違ってた」

あんたはそういう男だよ、と半ば呆れつつ心中でこぼす。

俺が緊張したからといってなにも変わらない、とかなんとか久遠の言いそうなことなら想像がつく。

けれど、そういう面もいいと思ってしまっているのだからどうしようもない。

堅苦しいところ、喜怒哀楽がわかりにくいところ、必要とあらば平気でひとを振り回してくるところですら魅力的だ。

恋は盲目と身をもって実感しているし、それで満足している時点で答えは出ていた。

「そっちは、彼らと待ち合わせか？」

「そう。いっそのこと『Paper Moon《ペーパー ムーン》』と『月の雫《しずく》』を同時開店しようって話になったから、しばらくばたばたする。今日の夕方には、宮原《みやはら》さんも合流する予定だし」

現在進行形で忙しいし、今後はいま以上になるだろうが、仕事を心から愉しんでいる。みんなで同じ目標に向かって進める昂揚《こうよう》感は、なにものにも代えがたい。

久遠がひょいと肩をすくめる。どうしてなのか理由を尋ねると、

「のんびり過ごす？」

揶揄《やゆ》の滲《にじ》んだ一言が投げかけられた。

好きで忙しくしていると言いたいようだ。

「のんびり過ごす日を夢見て、がむしゃらに働くのがいいんだって」

どちらも自分にとっては必要不可欠だった。どちらがいいなんて決められない。現在、少し先、ずっと先。

希望に満ちた人生設計を立てている。

「俺は欲張りだって知ってるだろ？」

覚悟しといてよ、と言外に告げる。

「ああ」

久遠がやわらかな表情で頷いた。

「それならいい」

生きるも死ぬも一緒と久遠にぶつけたあの言葉は本心からだ。その気持ちはいまも少しも揺らがず、常に胸の奥にある。

もとより一緒に生きていくという前提があってこそだ。

「いまのところ死ぬつもりも不幸になるつもりもないってこと。だから、とりあえずふたりで幸せになろうよ」

「幸せにしてほしい」とか、「したい」「なりたい」とかはぴんとこない。自分たちにぴったりなのは、「幸せになろう」だ。

そう言えるだけの道程《みちのり》をふたりで歩んできたと自負しているし、その道は今後も続いていくと信じてもいる。

「あ」

一世一代の告白を食卓ですませたことに気づくが、それもまた自分らしいのかもしれない。きっと久遠もそう思ってくれるはずだ。

期待を込めて返答を待っていると、久遠が両手を広げてみせた。

「まいった。朝食中にこんな殺し文句は初めてだ」

そして。

「そうだな。幸せになるか」

ふたりで、と完璧《かんぺき》な答えに胸が熱く震える。泣きそうだ、といまにも込み上げてきそうだったものの、椅子から腰を上げるほうを優先した。

「やばい。俺、もう出ないと」

待ち合わせの時刻までおよそ三十分。慌ただしく片づけと着替えをすませ、玄関へ向かう。

スニーカーに足を入れようとしたところで、一度リビングダイニングへ引き返した和孝は、ネクタイを締めている久遠の前に立つと、背伸びをして口づけた。

「久遠さんもいってらっしゃい」

期待したとおり背中に腕が回り、口づけが深くなる。出がけにするにはいささか濃厚すぎる、微《かす》かにマルボロの味がする唇をつかの間味わい、自制心を掻《か》き集めて身を離した。

「じゃあ、いってきます」

手の甲で口許を拭《ぬぐ》った和孝を見て、久遠が片頬《かたほお》だけで笑《わら》う。

そうだった。たまに見せてくれるこの表情に自分は惹《ひ》かれたんだった。これが見たい一心で、無理を押して傍に居続けた。

いまも同じだ。

自分の傍で穏やかに笑っていてほしい。それこそが偽らざる本心で、下心だ。十七歳の頃から変わらず、初めからずっと。

「ああ、いってこい」

久遠に手を振り、今度こそ部屋をあとにする。

本当はもう十分幸せだと久遠に教えるのは、ひとまず保留。しばらくは自分ひとりの胸に秘めておこう。すぐに打ち明けてはもったいない。

そんなことを思いながらマンションの外へ出た和孝は額に手をやり、青空を見上げた。

「いい天気」

馴染《なじ》んだ都会の空気で肺を満たすと、スクーターに跨《また》がり、先を急ぐ。頬に触れるやわらかな風を感じながら、みなの待つ場所へ。

久遠と再会して、もうすぐ四年。

四度目の春が訪れようとしていた。

あとがき

こんにちは。高岡《たかおか》です。二〇二一年も残り少なくなり、毎年のことではありますが、あらためて月日が過ぎていく速さに慄《おのの》いています。

そんななか、シリーズ二十一巻目にしてセカンドシーズン十巻目、『VIP 祈り』をお届けできますこと、とても感慨深く、しみじみとしています。

どれくらいしみじみしているのかといえば、普段は最小ページですませようとする（なんならなくてもいい）ほど苦手なあとがきを、自ら「四ページください」と申し出たくらいなので、私にとってはまあまあ異例なことです。

なにしろ本編最終巻です。

二〇〇五年に第一巻が上梓《じょうし》されて早十六年。十年ひと昔とはよく言ったもので、当時とはいろいろと様変わりしました。

身近なところだと、一巻にはMDというワードが出てきます。MDって、一気に流行って、あっという間に消えていったような気がしますよ。あとは、スマートフォン。たぶん当時はまだガラケーを使っているひとのほうが多かったんじゃないかと思うのですが、いまはもうスマホメインですよね。

で、それに連動して電子書籍が普及して――なんだかずいぶん世の中が変わったような印象をもっています。

そんななかで「VIP」は基本的に昔ながらの世界観のまま進めてきました。もちろんスマホとかSNSとかそういう部分は二〇二一年なのですが、裏社会という部分になると途端にひと昔前にタイムスリップです。

ちょっと検索してみると、もうその界隈《かいわい》の方々もずいぶん縮小されているようで、私が資料を漁《あさ》っていた当初とはいろいろ変わったなあ、と。

さて、ここからは、よけいな情報は不要という方はぜひ本編のあとにお読みくださいね。


最終巻の内容としましては、前巻で、次から次にとばっちりを食ったあげく、久遠《くどう》に「足手纏《あしでまと》い」的な発言をされた和孝《かずたか》がモロッコの某所にいるシーンから始まります。

このモロッコというのは結構早い段階から決まっていて、おそらく憶《おぼ》えている方は皆無かと思うのですが、『抱擁』でちらりと名前だけ出てきたディディエ・マルソーが今巻に登場します。

久遠宅に届いたエアメールの差出人、つまりは何度か文通もした旧友で、私としてはやっと最終巻にして登場させられた、という感じでしょうか。

前巻『熱情』と今巻『祈り』で、ようやく既刊からひとつひとつ付箋《ふせん》を外していくことができたという意味では、肩の荷が下りたともいえるかもしれません。

セカンドシーズンに入って、年二、三冊というペースだったこともあって、常に頭のなかには「VIP」があったので。

とはいえ、上総《かずさ》（と谷崎《たにざき》）のことや伊塚《いづか》のその後。宮原《みやはら》とアルフレッド。Paper Moon《ペーパームーン》の再開、『月の雫《しずく》』のオープン等諸々《もろもろ》残っていますし、これまでは本編の補完的なものだった電子オリジナルをそちらの方向へシフトしていく予定になっています。

あ、もちろん久遠と和孝のラブも。

惚《ほ》れた腫《は》れたは理屈じゃなくて、ふたりについては惹《ひ》かれるべくして惹かれたんだろうなと思いつつ書いてきたシリーズ。ずっと見守り続けてくださった皆様には感謝しかありません！

本当に本当にありがとうございます。

ふたりが辿《たど》り着いた場所はいかがでしょうか。

もっとも久遠と和孝にはお互い理想の未来があって、摺《す》り合わせつつ、最終的に『熱情』の「ヘヴン」を目指すのだと思っています。

最後になりましたが。

ファーストシーズンでストイックな色気を存分に発揮してくださった佐々《さっさ》成美《なるみ》先生、そして、セカンドシーズンを華やかに彩ってくださった沖麻実也《おきまみや》先生に心からの謝辞を。イラストを拝見するたびにうっとりしました。

そして、いつも支えてくださった歴代担当さん、現担当さん、本当にありがとうございます。よれよれながらも精進する所存です。

校閲さん、デザイナーさん、電子担当さん等、多くの方々のおかげで続けてこられました。

なにより、長いシリーズにおつき合いくださった読者の皆様には、どうお礼を伝えればいいのか——言葉にできないほどです。

なにかもっと気の利《き》いたことを書ければいいのですが、いまはとにかくにも少しでも愉《たの》しんでいただけることを祈ってやみません。

「やくざものはどうですか」という初代担当さんの一言で始まったＶＩＰシリーズでしたが、セカンドシーズンも、これにて閉幕です（このあと巻末ＳＳあります）。

高岡ミズミ

はなむけ

伊塚《いづか》は一度大きく深呼吸をする。自分のやったことはけっして許されないと重々わかっているからこそ、目の前のドアを開けるには勇気が必要だった。

が、ぐずぐずしていてもしようがない。唇を引き結ぶと、ドアをノックする。

「失礼します」

すぐに許可が下り、一礼してから室内へ入った。

正直言えば、大きな窓を背にしてデスクについている久遠《くどう》を目にした途端、回れ右をしたくなったが、いま逃げたところで結果は同じだ。なんとか踏み止《とど》まる。

「呼んだ理由はわかっているか?」

開口一番の言葉に、痛いほど背筋に力が入った。

「はい」

久遠は不必要なことを嫌う。無駄口ならなおさらなので、この後の一言は察しがついた。

「二重スパイの役目は大変だったろう。だが、うちへ入った経緯を考えればおまえを不問に付すわけにはいかない」

「承知してます」

三島《みしま》の指示で木島《きじま》組に入り込んだ以上、処分は当然だ。わずか一年で罪悪感に耐えきれなくなり、打ち明けたからといって罪が消えるわけではない。裏切りは裏切り。後悔がなんの役に立つというのだ。

有坂《ありさか》が三島に近づくきっかけを作ってしまったし、柚木《ゆぎ》を遠ざけるためにフェイク動画を送ったことにしても、黒木《くろき》をいたずらに煽《あお》る結果となった。

一方で三島の死については――自分でも呆《あき》れるほど特別な感情はない。半分とはいえ血が繋《つな》がっているというのに、悲しみに限れば皆無だ。

「伊塚。おまえを破門にする。幸い盃《さかずき》を交わす前だったし、今日じゅうに荷物をまとめて部屋を空けろ」

「は――」

返事が喉《のど》で引っかかった。どうやら自覚していた以上に自分はショックを受けているらしい。謹慎ですめばと、心のどこかに期待があったようだ。

「はい……四年間、お世話になりました」

深々とお辞儀をし、諸々《もろもろ》の感情を脇に押しやり部屋を辞する。その足で二階にある自室へ向かうと、ボストンバッグに荷物を詰めていった。

スーツ類はすべて木島組に入った際に買い与えられたものなので、私物は少ない。あっという間に荷造りは終わる。その短い間に、初めてここへ来た日のことが思い出され、伊塚は苦笑した。

——まあ、多少気は荒いが、悪い奴《やつ》らじゃない。きっとすぐに馴染《なじ》む。

付き添いの有坂はそう言って笑った。

——なにかわからないことがあったら、真柴《ましば》に聞くといい。喜んで世話を焼いてくれるぞ。

有坂の言ったとおり、人懐っこい真柴は組関連のことからプライベートまでいろいろ教えてくれた。思っていた以上に早く溶け込めたのは、真柴のおかげも大きかった。

「お世話になりました」

ボストンバッグを肩にかけた伊塚は、部屋を出る際にも頭を下げる。本来ならばみなに挨拶をしたいが、控えるべきだろう。自分にその資格があるとは思えない。

階段を踏みしめ、一階に降りる。

事務所の前を通ったとき、ドアの向こうから微《かす》かに聞こえてきた組員たちの声に、いっそう苦い気持ちになった。

有坂の容体は変わらず、みな心を痛めている。だからこそ、新たな組の出発にあたって心をひとつにして守《も》り立てようとしているのだ。

その一員になれなかったことは残念でならないが——ここでも伊塚は頭を下げ、ビルの外へ出ると行く当てもなく歩き始めた。

実家へ帰るわけにはいかない。自立したはずの息子が仕事を失って出戻ればどう思うか。母親はもとより病床の義父を不安にさせてしまうのは確かだった。とりあえずネットカフェかカプセルホテルで数日過ごして、その間に考えるしかなさそうだ。

駅へ向かい始めた、そのときだ。

背後から走ってきた一台のバイクがスピードを緩め、目の前の路肩に停まった。

「うっす」

ヘルメットを脱ぐと、愚直な顔が現れる。沢木《さわき》だ。沢木はなんの説明もなく、バイクの後ろを指で示した。

「あ……いや、ありがたいんですが、電車で大丈夫です」

まさかどこでもいいからネカフェへ、などと言えるわけもなく、辞退する。しかし、沢木は引かず、ヘルメットを投げて寄越した。

「乗れ」

「………」

つかの間迷い、せっかくの厚意をこれ以上無下にするのは躊躇《ためら》われて結局甘えることにする。

「すみません」

適当な場所で降ろしてもらおう、と後部シートに跨《また》がるや否やバイクは発進し、目的地を告げていないにもかかわらず駅とは反対方向へと走りだした。まるですでに行き先は決まっているようだ。そう思ったのは勘違いではなかったと、しばらくたってから気づく。

昭和の町並みを残した古くからの住宅地にバイクは入っていった。木造家屋の建ち並ぶそこでは当たり前のように三世代が同居し、子どもたちが空き地でキャッチボールやサッカーをしている姿を見かける。どこか懐かしさを覚える風景だ。

まもなく冴島《さえじま》診療所の前でバイクは停まった。

「あの……」

ヘルメットを脱いだ伊塚は、戸惑いつつも沢木に促されるままバイクを降りる。

「親父から先生に話はつけてある」

沢木が口にしたのはその一言だけだった。エンジンを吹かして走り去っていく背中をしばらく見つめたあと、狐《きつね》にでもつままれたような心地で錆《さ》びた音のする門を開け、診療所の敷地内へと歩みを進めた。

呼び鈴を押し、玄関の前で待つ。

「開いてるよ」

奥から冴島の声がしたので、お邪魔しますと言って引き戸を開けた。

三和土《たたき》には大人から子どものものまで靴がいくつかある。診療中らしい。冴島には木島の組員も世話になっていて、伊塚自身、これまで何度か顔を合わせた。

中へ入ると、待合スペースで母親が園児に絵本を読んでいた。目が合ったので会釈をしたのと、

「ちょっと手伝ってくれ」

診療室から呼ばれたのはほぼ同時だった。反射的に「はい」と返した伊塚は、傷の縫合のための麻酔注射を厭《いや》がる男の足を押さえる役目を言いつかる。そのまま成り行きで手伝い、一時間後、ようやく冴島に挨拶をした。

「ご無沙汰してます。じつは、破門になったんですが、ちゃんと話を聞いてなくて」

隣室の居間に移動したあと、茶を淹《い》れる傍ら、冴島がさらりと答えた。

「どれくらい使えるか知りたかったからな。機転は利くし、手際もいい。おかげで儂《わし》も楽できそうで助かるよ」

ここにきて、冴島がなにを言わんとしているのかやっと合点がいく。久遠は、裏切者には身に余るほどの受け皿を用意してくれたのだ。

「でも、冴島先生は――」

俺のやったことをご存じですか。そう問おうとしたが、途中で冴島にさえぎられる。ど

うでもいいと言いたげに茶を勧めてくると、自身も湯呑《ゆの》みを手にした。

「儂はあっちの内情には疎い。ただ、おまえさんが宝の持ち腐れにならずにすむんならなによりだ」

ずずっと茶をすすった冴島の頬《ほお》が、ふっと緩む。

「ま、なんにしても、おまえさんは前の居候《いそうろう》よりずっと出来がいいのは間違いない」

その表情はどこか愉《たの》しげだ。情も感じさせる。これだけでも冴島の懐の深さが知れた。

「ああ、それと、知っていると思うが、うちは診療時間があってないようなもんだから、相当なブラックだぞ。承知しといてくれ」

「——はい。それはもちろん」

居住まいを正し、こうべを垂れる。礼を言おうとした矢先、「先生」と呼ぶ声がさっそく耳に届いた。どうやら礼も自己紹介も後回しにするしかなさそうだ。冴島とともに腰を上げ、患者を迎えるために居間をあとにする。

半人前やくざから診療所助手。

業種も環境もまるで異なるというのに、少しの違和感もない自分が不思議だが、きっとその答えはもっとあとになってわかるのだろう。

多少なりともマシな人間になれたときに。

『VIP《ブイアイピー》 祈《いの》り』、いかがでしたか？
高岡《たかおか》ミズミ先生、イラストの沖麻実也《おきまみや》先生への、みなさまのお便りをお待ちしております。

高岡ミズミ先生のファンレターのあて先
〒112-8001　東京都文京区音羽2-12-21　講談社　講談社文庫出版部「高岡ミズミ先生」係
沖麻実也先生のファンレターのあて先
〒112-8001　東京都文京区音羽2-12-21　講談社　講談社文庫出版部「沖麻実也先生」係

N.D.C.913　287p　15cm

高岡ミズミ（たかおか・みずみ）
山口県出身。デビュー作は「可愛《かわい》いひと。」（全９巻）。
主な著書に「ＶＩＰ《ブイアイピー》」シリーズ、「薔薇《ばら》王院《おういん》可憐《かれん》のサロン事件簿」シリーズ。
Twitter　@takavivimizu

講談社Ｘ文庫
KODANSHA

white heart

VIP《ブイアイピー》　祈《いの》り

高岡《たかおか》ミズミ

●
2021年12月３日　第１刷発行

定価はカバーに表示してあります。

発行者――鈴木章一
発行所――株式会社　講談社
東京都文京区音羽2-12-21 〒112-8001
電話　編集　03-5395-3510
販売　03-5395-5817
業務　03-5395-3615
本文印刷ー豊国印刷株式会社
製本―――株式会社国宝社
カバー印刷ー半七写真印刷工業株式会社
本文データ制作ー講談社デジタル製作
デザインー山口　馨

ISBN978-4-06-526041-8